U0789617

金陵全書

丁編·文獻類

謝康樂集

（南朝宋）謝靈運 撰

王文憲集

（南朝齊）王儉 撰

南京出版社
南京出版傳媒集團

圖書在版編目（CIP）數據

謝康樂集 /（南朝宋）謝靈運撰. 王文憲集 /（南朝齊）王儉撰. -- 南京：南京出版社，2021.4
（金陵全書）
ISBN 978-7-5533-3195-9

Ⅰ. ①謝… ②王… Ⅱ. ①謝… ②王… Ⅲ. ①古典詩歌 - 作品集 - 中國 - 南朝時代 Ⅳ. ①I222.739

中國版本圖書館CIP數據核字（2021）第037884號

書　　名　【金陵全書】（丁編 · 文獻類）
　　　　　謝康樂集 · 王文憲集
作　　者　（南朝宋）謝靈運　（南朝齊）王儉
出版發行　南京出版傳媒集團
　　　　　南 京 出 版 社
　　　　　社址：南京市太平門街53號　　郵編：210016
　　　　　網址：http://www.njcbs.cn　　電子信箱：njcbs1988@163.com
　　　　　聯系電話：025-83283893、83283864（營銷）　025-83112257（編務）

出 版 人　項曉寧
出 品 人　盧海鳴
責任編輯　嚴行健
裝幀設計　楊曉崗
責任印製　楊福彬

製　　版　南京新華豐製版有限公司
印　　刷　南京凱德印刷有限公司
開　　本　889毫米 × 1194毫米　1/16
印　　張　30.75
版　　次　2021年4月第1版
印　　次　2021年4月第1次印刷
書　　號　ISBN 978-7-5533-3195-9
定　　價　800.00元

南京出版社
圖書專營店

總序

南京，古稱金陵，中國著名的四大古都之一，是國務院首批公佈的國家歷史文化名城。

南京有着六十萬年的人類活動史，近二千五百年的建城史，約四百五十年的建都史，享有『六朝古都』『十朝都會』的美譽。南京歷史的興衰起伏在某種程度上可以説是中國歷史的一個縮影。在中華民族光輝燦爛的歷史長河中，古聖先賢在南京創造了舉世矚目、富有特色的六朝文化、南唐文化、明文化和民國文化，爲中華民族文化的傳承和發展做出了不朽貢獻。然而，由於時代的遞遷、戰争的破壞以及自然的損毁等原因，歷史上南京的輝煌成就以物質文化形態留存下來的相對較少，見諸文獻典籍的則相對較多。南京文獻内涵廣博，卷帙浩繁，版本複雜。截至一九四九年中華人民共和國成立，南京文獻留存下來的有近萬種，在全國歷史文化名城中名列前茅。以六朝《世説新語》《文心雕龍》《昭明文選》，唐朝《建康實録》，宋朝《景定建康志》《六朝事迹編類》，元朝《至正金陵新志》，明朝《洪武京城圖志》《金陵古今圖考》《客座贅語》，清朝《康熙江寧府志》《白下瑣言》，民國《首都計劃》《首都志》《金陵古蹟圖考》等爲代表的南京地方文獻，不僅是南京文化的集中體現，也是中華民族優秀傳統文化的重要組成部分。這些南京文獻，積澱貯存了歷代南京人民的經驗和智慧，翔實地反映了南京地區的社會變遷，是研究南京乃至全國政治、經濟、軍事、文化、外交和民風民俗的重要資料。

歷史上的南京文化輝煌燦爛，各類圖書典籍琳琅滿目。迄今爲止，南京文獻曾經有過三次不同程度的整理。

第一次是距今六百多年前的明朝永樂年間，明朝中央政府在南京組織整理出版了《永樂大典》。《永樂大典》正文二萬二千八百七十七卷，凡例和目録六十卷，分裝成一萬一千零九十五册，總字數約三億七千萬字。書中保存了中國上自先秦、下迄明初的各種典籍資料達七八千種，是中國古代最大的類書。

第二次是民國年間，南京通志館編印了一套《南京文獻》。《南京文獻》每月一期，從一九四七年元月至一九四九年二月共刊行了二十六期，收入南京地方文獻六十七種，包括元明清到民國各個時期的著作，其中收録的部分民國文獻今天已經成爲絶版。

第三次是二〇〇六年以來，南京出版社選取部分南京珍貴文獻，整理出版了一套《南京稀見文獻叢刊》點校本，到二〇二〇年，已經出版了六十九册一百零五種，時代上起六朝，下迄民國，在學術普及方面做出了一定的貢獻。

中華人民共和國成立以來，尤其是改革開放以來，南京的政治、經濟、文化建設飛速發展，但南京文獻的全面系統整理出版工作一直没有得到應有的重視，這與南京這座國家歷史文化名城的地位頗不相稱。據調查，目前有關南京的各類文獻主要保存在南京圖書館、南京市檔案館，以及全國各地的高等院校、科研院所、圖書館、檔案館、博物館，少數流散於民間和國外。一方面，廣大讀者要查閲這些收藏在全國各地的南京文獻殊爲不便；另一方面，許多珍貴的南京文獻隨着歲月的流逝而瀕臨損毁和失傳。南京文獻的存史、資治、教化、育人功能没有得到應有的發揮。

盛世修史（志）。在中華民族和平崛起和大力弘揚民族傳統文化、全力發展民族文化事業的大背景下，在建設『文化南京』的發展思路下，中共南京市委、南京市人民政府於二〇〇九年十二月做出决定，將南京有史以來的地方文獻進行全面系統的匯集、整理和影印出版，輯爲《金陵全書》（以下簡稱《全書》），以更好地搶救和保護鄉邦文獻，傳承民族文化，推動學術研究，促進南京文化建設；同時，也更爲有効地增加南京文獻存世途徑，提昇南京文獻地位，凸顯南京文獻價值。

爲編纂出能够代表當代最高學術水平和科技成就，又經得起時間檢驗的《全書》，我們將編纂工作分成三個階段進行。第一個階段爲調研階段，主要對南京現存文獻的種類、數量、保存現狀以及收藏地點等進行深入細緻的調研，召集專家學者多次進行學術論證和可操作性論證，撰寫出可行性調查報告，爲科學決策提供依據，此項工作主要由中共南京市委宣傳部和南京出版社組織完成。第二個階段爲啓動階段，以二〇〇九年十二月二十四日召開的『《金陵全書》編纂啓動工作會』爲標志，市委主要領導親自到會動員講話，市委宣傳部對《全書》的編纂出版工作作了明確部署。在廣泛徵求專家學者意見的基礎上，確定了《全書》的總體框架設計，確定了將《全書》列爲市委宣傳部每年要實施的重大文化工程，確定了主要參編責任單位和責任人，並分解了任務。第三個階段爲編纂出版階段，主要在全國範圍内進行資料的徵集、遴選和圖書的版式設計、複製、排版及印製工作。

爲了確保《全書》編纂出版工作的順利進行，中共南京市委、南京市人民政府成立了專門的編纂出版組織機構。其中編輯工作領導小組，由中共南京市委、市政府領導以及相關成員單位主要負責人組成；《全書》的編纂出版工作由市委宣傳部總牽頭；學術指導委員會，由蔣贊初、茅家琦、梁白泉等一批全國著名的專家學者組成，負責《全書》的學術審核和把關。

《全書》分爲方志、史料、檔案和文獻四大類。自二〇一〇年起，計劃每年出版四十册左右。鑒於《全書》的整理出版工作難度較大，周期較長，在具體操作中，我們採取了分工協作的方式。市委宣傳部和南京出版社負責《全書》的總體策劃，其中方志部分，主要由南京市地方志編纂委員會辦公室和南京出版傳媒集團·南京出版社共同承擔；史料和文獻部分，主要由南京圖書館承擔；檔案部分，主要由南京市檔案局（館）承擔。《全書》的編輯出版，得到了江蘇省文化廳、江蘇省新聞出版局、江蘇省檔案局（館）、南京大學、南京圖書館、南京市文廣新局、南京市社科聯（社科院）、金陵圖書館以及各區委宣傳部和地方志辦公室等單位及社會各界的熱情鼓勵和大力支持，尤其是得到了中國國家圖書館和全國各地（包括港臺地區）高等院校、科研院所、圖書館、檔案館、博物館等藏書單位的鼎力相助，在此表示深深的謝意！

我們相信，在中共南京市委、南京市人民政府的長期不懈支持下，在各部門、各單位的積極配合和衆多專家學者的共同努力下，這項功在當代、利在千秋的傳世工程一定能够圓滿完成。

《金陵全書》編輯出版委員會

凡例

一、《金陵全書》（以下簡稱《全書》）收録的南京文獻，分爲方志、史料、檔案和文獻四大類。

二、《全書》按上述四大類分爲甲、乙、丙、丁四編，以不同的封面顏色加以區分；每編酌分細類，原則上以成書時代爲序分爲若幹册，依次編列序號。

三、《全書》收録南京文獻的地域範圍，包括了清代江寧府所轄上元、江寧、句容、溧水、高淳、江浦、六合。

四、《全書》收録的南京文獻，其成書年代的下限爲一九四九年。

五、《全書》收録方志、史料和文獻，盡量選用善本爲底本。《全書》收録的檔案以學術價值和實用價值較高爲原則，一般選用延續時間較長、相對比較完整的檔案全宗。

六、《全書》收録的南京文獻底本如有殘缺、漫漶不清等情况，必要時予以配補、抽换或修描，以保證全書完整清晰；稿本、鈔本、批校本的修改、批注文字等均保留原貌。

七、《全書》收録的南京文獻，每種均撰寫提要，置於該文獻前，以便讀者了解其作者生平、主要內容、學術文化價值、編纂過程、版本源流、底本採用等情況。

八、《全書》所收文獻篇幅較大時，分爲序號相連的若幹册；篇幅較小的文獻，則將數種合編爲一册。

九、《全書》統一版式設計，大部分文獻原大影印；對於少數原版面過大或過小的文獻，適當進行縮小或放大處理，並加以説明。

十、《全書》各册除保留文獻原有頁碼外，均新編頁碼，每册頁碼自爲起訖。

總目録

金陵全書
丁編·文獻類

謝康樂集

（南朝宋）謝靈運 撰

南京出版社
南京出版傳媒集團

提　要

《謝康樂集》八卷，南朝宋謝靈運撰。

謝靈運（三八五—四三三），原名公義，字靈運，小字客兒，祖籍陳郡太康（今河南太康），出生於會稽郡始寧縣（今浙江上虞）。祖父謝玄因淝水之戰被封康樂縣公。謝靈運出世，謝家曾以子孫難得，送至錢唐（今浙江杭州）方士杜治處寄養，故名客兒。晋安帝隆安三年（三九九）孫恩起義，因避亂，謝靈運於十五歲被接返京師建康（今江蘇南京），居烏衣巷，從其族叔當時著名文士謝混遊。祖父去世，他襲封康樂縣公。義熙元年（四〇五）謝靈運被琅琊王、大司馬司馬德文聘用，從此走上仕途。雖身世優良，負才傲俗，但很快即被卷入劉毅與劉裕的争霸之中。謝靈運初隨劉毅，義熙八年九月，劉毅於江陵在劉裕聲討中兵敗自縊，謝靈運改隨劉裕。宋永初元年（四二〇），劉裕篡位稱帝，改國號爲宋。隨之，降先朝封爵，謝靈運由康樂縣公降爲康樂縣侯，任散騎常侍。

劉宋時代，由於權力的紛争，政治一直處於低迷狀態。此種景況導致謝靈運終於從一個有抱負的世家弟子變成爲政治犧牲品。總地説來，無論從政治層面，還是從歷史層面，他均是一個不得志的悲劇人物。學人們習慣於定位謝靈運爲政治家、文學家，而實質上他更是一個思想家。謝氏家族除了政治功勛之外，還有着豐厚的玄學素養。這一點謝靈運在其詩《述祖德》中即有所陳述，而他自己顯然對此有獨到的領悟并願意自覺承祧下來。

從歷史與玄學史可知，時在晋宋易替時代，隨政治的混亂，佛學的廣泛流行，玄學正面臨着時代困惑與挑戰。謝靈運作爲一個玄學的傳承者，蒿目時艱，特別有意於以玄學來梳理時事、尋求玄學與佛學對話的機緣。謝靈運所處時代亦是大乘般若的佛學觀念轉型結節時代。元嘉八年（四三一）謝靈運因與孟凱不和，有機會去職在建康研讀《涅盤經》，注釋《金剛般若經》。作爲一個儒者，謝靈運在廣泛的争議中交流維護着玄學，表現出一個士人在時代轉型時的士氣。

研究謝靈運不可回避他的詩人角色，他留下的詩并不多，大體上分爲贈答詩、行旅詩、覽游詩（文、賦也大體可做這樣分類）。世人往往以山水詩的拓荒者定位他，而實際上他真實目的是想通過找尋山水的新异、奇趣以激起玄學的理念。自漢末以來逐漸興起的玄學不外是在思考名教與自然的關繫。而當此世風日下、玄言式微之際，謝靈運以此目的深入自然，無疑顯示着重要的歷史意義。

謝靈運一生均在有意覽游與被動漂泊交錯糾結之中，他把游分成從游、遨游、良游、薄游等，而他更留心神行於其中的『賞心』，這一點也是他自己所注意的。他并不懷疑自己有『賞心』，衹是困惑於良辰、美景、賞心、樂事不能兼備，感慨四事兼備對人生來説是一件難事。

謝靈運把修復『賞心』之途置於重回自然，也正是這一點使後人感到他身心中依然的儒家情愫。由此説來，他的放縱山水不是逃避，而是有意在自然中以『賞心』結諦着玄學，企圖將一切心靈之約捧談於此背景上，從而充滿着玄學的思辯性。

謝靈運雖曾擔任過永嘉太守，被以人才召返京師，但始終不得重用。他爲此先後兩次歸隱故里，將苦悶與反思拿來與自然、與佛學對話，積極接納大乘般若新風，充實玄學，呵護玄言志命。元嘉九年（四三二）謝靈運被發往臨川（今江西撫州）任内史，在那里他以言行不羈表達了自己不得志，因此繼續遭貶，最終於廣州死於遭貶與陷害之中。

今日所見謝靈運五言古詩八十餘首，樂府十八首，賦十四篇。除此尚有論、答、贊頌、銘、誄、表、序及大乘佛經《大般涅盤》《金剛經》譯注等數篇。這些作品在每個細部均表現玄學時代士人的精神與質量，是那個時代的代表作。從題材上説，其五言古詩多是山水游歷詩，其樂府詩在西晉之後再一次刷新漢樂府主題及藝術，其辭賦是一種不同於漢人的抒情小賦。如果説同時代人沈約『興會標舉』，鮑照『初發芙蓉』是對謝靈運詩文的經典評語，那麽王船山的『天與造之，神與運之』『一意回旋往復』應是對其總結。他留下的一些有關佛學的文獻，如《辨宗論》《大般涅盤經譯》《金剛經注》《十四音訓叙》很珍貴，反映那個時代玄佛交流的事實。

《謝康樂集》在《隋書·經籍志》《舊唐書·經籍志》《新唐書·藝文志》中均有著録。據今人黄節、葉笑雪、顧紹柏等考證，雖謝靈運詩文很豐富，但由於宋元易代，大都散佚。今人所見者均是明清學人的輯佚，權威本如《二謝詩集》（《盛明百家詩後編》本），《謝康樂集》二卷（《漢魏六朝百三名家集》本），《全漢三國晋南北朝文》中的謝靈運文（清人嚴可均輯本），《全漢三國晋南北朝詩》中的謝靈運詩（近人丁福保輯本）。

《謝康樂集》現存最早版本爲明萬曆刊本，明沈道初等輯，焦竑校勘，共四卷，收詩文一百十餘篇。《金陵全書》收録的《謝康樂集》以中國國家圖書館藏明天啟、崇禎年間《七十二家集》本爲底本原大影印出版。

張兆勇

謝康樂集叙

謝康樂才高意爽自以宋公皆故等夷既際維新耻為之下故身雖北面而唐突憲准決裂朝常高詫外臣八紘所不得收也然則鑿山開道盖欲另闢首陽決湖成田將圖別

築激塢其畚盎顫曰身自高呼何預癡人事其一腔熱血殆難灑以示人若矣史稱康樂多愆禮度朝廷不以應實相許自謂宜叅權要常懷憤憤何視靈運之薄哉余謂漢季之有北海魏季之有中散晉季

之有康樂其才情風格是不一轍然邁徃蘢挺之氣正復自符北海中散垂革命之際裂眼呵之而不肯降心者也康樂當易社以後低頭就之而猶爲強項者也然則座客常滿樽中不空康樂亦可以此自名而鸞翮

時鏺龕性難馴世亦可以此而名康
樂耳宋祖始貴尚能以舊物見容文
帝嗣興眼界已自不同惜乎山居不
堅乃爲敦逼強起彼此交搆毒霧
晝披終有舉義之徒觀其詞曰韓
亡子房奮秦帝魯連恥悲乎傷哉

夫豈不知鏜臂當車然勢不得不
出於此也夫鴻鵠摩天既不靳作藩
籠間物則必矯翼霞外若紫鵷鷺
以克庭羣鴈鶩以就食而又高步儻
盱不受羈縻則網目高張誰容蹢
躅身非金翅安能搏擊應龍哉其

供刀俎也康樂詩與文爲江左名流第一燕侯更爲標持予慨世儒不識赤心每繩其躍冶大鑪鞴自恥矣故因增定康樂集剖出之以釋世之揶揄康樂者

石戶農張夔題

謝康樂集目錄

詩

初往新安桐廬口

擬魏太子鄴中集詩八首并序

魏太子

王粲

陳琳

徐幹

劉楨

應瑒

阮瑀

平原侯植

石壁立招提精舍

過瞿溪山僧

七夕詠牛女

彭城宫中直感歲暮

歲暮

作離合

登廬山絶頂望諸嶠

夜發石關亭

贊

王子晉讚

巖下見一老翁四五少年讚

維摩經十譬贊

聚沫泡合

燄

芭蕉

聚幻

夢

銘

七

誄

謝康樂集 目錄 十

謝康樂集卷之一

宋陳郡謝靈運客兒著
明閩漳張　燮紹和纂

賦

山居賦

古巢居穴處曰巖棲棟宇居山曰山居在林野曰丘園在郊郭曰城傍四者不同可以理推言心也黄屋實不殊於汾陽卽事也山居良有異乎市廛抱疾就閑順從性情敢率所樂而以作

賦楊子雲云詩人之賦麗以則文體宜兼以成其美今所賦既非京都宮觀遊獵聲色之盛而叙山野草木水石穀稼之事才乏昔人心放俗外詠於文則可勉而就之求麗邈以遠矣覽者廢張左之艷辭尋臺皓之深意去飾取素儻値其心耳意實言表而書不盡遺迹索意託之有賞其辭曰

謝子臥病山頂覽古人遺書與其意合悠然而笑曰夫道可重故物爲輕理宜存故事斯忘古

今不能華質文咸其常合宫非縉雲之館衢室豈放勛之堂邁深心於鼎湖送高情於汾陽嗟文成之却粒願追松以遠遊嘉陶朱之鼓棹迺語種以免憂判身名之有辨權榮素其無留孰如牽犬之路既寡聽鶴之塗何由哉理以相得爲適古人遺書與其意合所以爲笑孫權亦謂周瑜公瑾與張意合夫能重道則輕物存理則忘事古今質文可謂不同而此處不異縉雲放勛不以天居爲所樂故合宫衢室皆非淹留鼎湖汾陽乃是所居之文成張良却粒棄人間事從赤松子遊陶朱范蠡臨去之際亦語文種云云謂二賢既權榮素故身名有判也牽犬李斯之歎聽鶴陸機領成都衆大敗後云思聞華亭鶴唳不可

復得若夫巢穴以風雨貽患則大壯以棟宇袪弊宮室以瑤璇致美則白賁以丘園殊世惟上託於巖壑幸兼善而罔滯雖非市朝而寒暑均和雖是築構而飾朴兩逝易云上古穴居野處後世聖人易之以宮室上棟下宇以蔽風雨蓋取諸大壯璇堂自是素故曰白賁最是上爻也此堂世異矣謂巖壑道深於丘園而不爲巢穴斯免[illegible]得寒暑之適雖是築構無妨非市朝云云昔仲長願言流水高山應璩作書卬阜洛川勢有偏側地闕周員銅陵之奧卓氏充鋠椀之端金谷之麗石子致音徽之觀徒形域之薈蔚惜事異於栖

盤至若鳳叢二臺雲夢青丘漳渠淇園橘林長洲雖千乘之珍苑孰嘉遯之所遊且山川之未備亦何議於兼求仲長子云欲使居有良田廣宅在高山流水之畔溝池自環竹木周布場圃在前果園在後應璩與程文信書云故求道田在關之西南臨洛水北據邙川託崇岫以爲宅因茂林以爲蔭謂二家山居不得周員之美楊雄蜀都賦云銅陵衍卓王孫採山鑄銅故漢書貨殖傳云卓氏之臨邛公擅山川楊雄方言梁益之間裁木爲器曰鋠裂帛爲衣曰槻金谷石季倫之別廬在河南界有山川林木池沼水碓其鎮下邳時過遊賦詩一代盛集謂二地雖珍麗然制作非栖盤之意也鳳臺秦穆公時秦女所居以致蕭史叢臺趙之崇館張衡謂趙築叢臺於前楚建章華於後楚之雲夢大中居長飲賦楚靈王遊雲夢之中息

於荆臺之上前方淮之水左洞庭之波右顧彭蠡之濤南望巫山之阿遂造章華之臺亦見諸史淮南青丘齊之海外皆獵所司馬相如云秋田乎青丘傍徨乎海外漳渠史起爲魏文侯所造淇水之所淇園衛之竹園在淇水之澳詩人所載橘林蜀之園林揚子雲蜀都賦亦云橘林左太冲謂戶有橘柚之園長洲吳之苑囿左亦謂之長洲之茂苑因江海洲渚以爲苑囿■■■■故■表此園之珍靜千乘讌嬉之所非幽人憩止之鄉且山川亦不能兼茂隨地勢所遇耳覽明達之撫運乘機緘而理默指歲暮而歸休詠宏徽於刋勒狹三閭之喪江矜望諸之去國選自然之神麗盡高棲之意得余祖車騎建大功淮肥江左得免橫流之禍後及太傅既薨建圖已輟於是便求解駕東歸以避君側之亂廢興隱

顯當是賢達之心故選神麗之所以仰前哲之
中高棲之志經始山川實基於此
遺訓俯性情之所便奉微軀以宴息保自事以
乘閑愧班生之夙悟慙尚子之晚研年與疾而
偕來志乘拙而俱旋謝平生於知遊棲清曠於
山川謂經始此山遺訓於後也性情各有所便山居是其宜也易云向晦入宴息莊周云自事其心此一是其所處班嗣本不染世故曰夙悟尚平未能去累故曰晚研想遲二人更以年衰疾至志寡求拙日事弃可山居日與知遊別故曰謝平生就山川故曰棲清曠其居
也左湖右江往渚還汀面山背阜東阻西傾抱
含吸吐款跨紆縈緜聯邪亘側直齊平枚乘曰左江右

湖其樂無有此吳客說楚公子之詞當謂江都之野彼雖有江湖而乏山巖此憶江湖左右與之同而山嶽形勢池城所無也枉渚還汀謂四面有水面山背阜亦謂東西有山便是四水之裏也抱含吸吐謂中央復有川款跨紆縈謂邊背相連帶迂回處謂之邪亘平正處謂之側直

近東則上田下湖西谿南谷石埭石滂閔硎黃竹決飛泉於百仞森高薄於千麓寫長源於遠江派深毖於近瀆上田在下湖之水口名為田口下湖在田之下下處並有名山川西谿南谷分流谷郭水猷入田口西谿水出嵊縣西谷郭是近山之最高峰者西溪便是■之背入西谿之裏得石埭以石為阻故謂為埭石滂在西谿之東從縣南入九里兩面峻峭數十丈水自上飛下比至外谿封墱十數甲昔飛流迅激左右巖壁綠竹閔硎在石滂之東

谿逶迤下注良田黃竹與其連南界莆中也近南則會以雙流縈以三洲表裏回游離合山川崿崩飛於東峭槃傍薄於西阡拂青林而激波揮白沙而生漣雙流謂剡江及小江此二水同會於山南便合流注下三洲在二水之口排沙積岸成此洲漲表裏離合是其貌狀也崿者謂回江岑在其山居之南界有石跳出將崩江中行者莫不駭慄槃者是縣故治之所在江之[illegible]用槃石竟渚竝帶青林而連白沙也近西則楊賓接峰唐皇連縱室壁帶谿曾孤臨江竹緣浦以被緣石照澗而映紅月隱山而成陰木鳴柯以起風楊中元賓竝小江之近處與山相接也唐皇便從北出室石室在小江口南岸壁小江北

岸竝在楊中之下壁高四十丈色赤故曰照澗而映紅會山之西孤山水南王子所經始臨江皆被以緑竹山高月隱便謂爲陰鳥集柯鳴便謂爲風也

近北則二巫結湖兩智通沼横石判盡休周分表引脩隄之逶迤吐泉流之浩漾山巘下而回澤瀨石上而開道

大小巫湖中隔一山外智周回在圻西北邊浦出江竝是義處義熙中王穆之居大巫湖經始處所猶在兩智皆長溪外智出山之後四五里許裏智亦隔一山出新塢横山野舍之北面常石野舍之西北巫湖舊唐故曰脩隄長谿甚遠故曰泉流常石磯■故曰下巘而回澤裏智漫石數里水從上過故曰瀨石上而開道休山東北周里山在休之南竝是北邊

遠東則天台桐柏方石太平二韭四明五奧三菁

表神異於緯牒驗感應於慶靈凌石橋之莓苔越楢谿之紆縈天台桐柏七縣餘地南帶海二韭四明五奧皆相連接奇地所無高於五嶽便是海中三山之流韭以萊爲名四明方石四面自然開窗也五奧者曇濟道人蔡氏郗氏謝氏陳氏各有一奧皆相椅角並是奇地三菁太平之非太平天台之始方石直上萬丈下有長谿亦是縉雲之流云此諸山並見圖緯神仙所居往來要徑石橋過楢谿人跡之艱不復過此也達南則松箴棲雞唐嵫漫石崪嶸對嶺[illegible]孟分隔入極浦而邅回迷不知其所適上嶔嵜而蒙籠下深沇而淲激棲雞在保卩之上別浦入其中周回甚深四山之裹松箴在棲雞之上緣江唐嵫入太平水路上有瀑布數百丈漫石在唐嵫下郗景興

經始精舍亦是名山之流崪嵊與分界去山八十里故曰遠南前嶺鳥道正當五十里高左右所無就下地形高乃當不稱遠望嶀山甚奇謂白爍尖者最高下有良田王敬弘經始精舍曇濟道人住孟山名曰孟埭芋薯之疁田清溪秀竹迴開巨石有趣之極此中多諸浦澗傍依茂林迷不知所通嶔崎深流處處皆然不但一處

遠西則缺四十四字

遠非則長江永歸巨海延納崐漲緬曠島嶼綢沓山縱橫以布護水迴沈而縈浥信荒極之綿眇究風波之睽合江從山非流窮上虞界謂之三江口便是大海老子謂海

爲百谷王以其善處下也海人謂孤山爲嶼中洲有山謂之島嶼即洲也漲者沙始起將欲成嶼縱橫無常於一處迴沈相縈擾也大荒東極故爲荒極風波不恒爲聯合也徒觀其

南術之[illegible]生嶼[illegible]成衍緣岸測深相渚

知淺洪濤滿則曾石沒清瀾減則沈沙顯及風

興濤作水勢奔壯于歲春秋在月朔望湯湯驚

波滔滔駭浪電激雷崩飛流灑漾凌絕壁而起

岑橫中流而連薄始迅轉而騰天終倒底而見

磐此楚貳心醉於吳客河靈懷慙於海若南術是其臨江舊宅門前對江三轉曾山路窮四江對岸西面常石此二川之間西南角岸孤山此二山

皆是俠處故曰生巘勇門以南上便大闊故曰濊衍岸高測深渚下知淺也江中有孤石沈沙隨水增減春秋朔望是其盛時故枚乘云楚太子有疾吳客問之舉秋濤之美得以瘳病太子國之儲貳故曰楚貳河靈河伯居河所謂河靈慚於海若事見莊周秋水篇

爾其舊居曩宅今園枌槿尚援基井具存曲術周乎前後直陌矗其東西豈伊臨谿而傍沼迺抱阜而帶山考封域之靈異實茲境之最然葺駢梁於巖麓棲孤棟於江源敞南戶以對遠嶺闢東窗以矚近田田連岡而盈疇嶺枕水而通阡葺室在宅裏山之東麓東窗矚田兼見江山之美三間故謂之駢梁門前一棟枕巘上存江之嶺南

對江上遠嶺此二韶屬望殆無優劣也阡陌縱橫，塍埒交經。導渠引流，脉散溝并。蔚蔚豐秋，苾苾香秔。送夏蚤秀，迎秋晚成。兼有陵陸，麻麥粟菽。候時占節，遞蓺遞熟。供粒食與漿飲，謝工商與衡牧。生何待於多資，理取足於滿腹。許由云偃鼠飲河不過滿腹謂人生食足則歡有餘何待多須邪工商衡牧似多須者若少私寡欲充命則足但非田無以立耳

自園之田，自田之湖。泛濫川上，緬邈水區。濬潭澗而窈窕，除菰洲之紆餘。毖溫泉於春流，馳寒波而秋徂。風生浪於蘭渚，日倒影於椒塗。飛漸榭於

中沚取水月之歡娛旦延陰而物清夕棲芬而氣敷顧情交之永絕覲雲客之暫如此皆湖中之美但患言不盡意萬不寫一耳諸澗出源入湖故曰濬潭澗澗長是以窈窕除菰作洲洲言所以紆餘也水草則萍藻薀菼雚蒲芹蓀蒹菰蘋蘩蕝荇菱蓮雖備物之偕美獨扶渠之華鮮播綠葉之鬱茂含紅敷之繽翻怨清香之難留矜盛容之易闌必充給而後搴豈蕙草之空殘卷斂弦之逸曲感江南之哀歎秦箏倡而溯游往唐上奏而舊愛還搴出離騷斂弦是采菱歌江南是相和曲云江南采蓮秦箏唱蒹葭篇唐

上奏蒲生詩皆感物致賦魚藻蘋蘩荇亦有詩人之詠不復具叙本草所載山澤不一雷桐是別和緩是悉參核六根五華九實二冬並稱而殊性三建異形而同出水香送秋而擢蒨林蘭近雪而揚猗卷柏萬代而不殞伏苓千歲而方知映紅葩於綠蔕茂素蕤於紫枝既住年而增靈亦驅妖而斥疵本草所出藥處於今不復依隨土所生耳此境出藥甚多雷公桐君古之采藥醫緩古之良工故曰別悉參核者雙核桃杏仁也六根者荀七根五茄根葛根野葛根根也五華者堇華芫華樾華菊華旋覆華也九實者連前實槐實栢實兎絲實女貞實蛇床實蔓荆實蓼實[illegible]實也二冬者天門麥門冬三建

者附子天雄烏頭水香蘭草林蘭支子卷栢伏苓並皆仙物凡此衆藥事悉見於神農其竹則二箭殊葉四苦齊味水石別谷巨細各彙旣脩竦而便娟亦蕭森而蓊蔚露夕沾而悽陰風朝振而清氣互捎雲以拂杪臨碧潭而挺翠蔑上林與淇澳驗東南之所遺企山陽之游踐遲鸞鷟之棲託憶崑閬之悲調慨伶倫之哀籥衛女行而思歸詠楚客放而防露作二箭一者苦箭大葉一者笄箭細葉四苦青苦白苦紫苦黃苦水竹依水生甚細密吳中以爲宅援石竹本科叢大以充屋椽巨者竿挺之屬細者無箐之流也脩竦便娟蕭森蓊蔚皆竹貌也上林關中之禁苑

淇澳衛地之竹園方此皆不如東南會稽之竹箭唯此地最富焉山陽竹林之游鸞鷺棲食之所崑山之竹任爲笛黃帝時伶倫斬其厚均者吹之爲黃鍾之宫衛女思歸作竹竿之詩楚人放逐東方朔感江潭而作七諫

其木則松柏檀櫟諫桐榆檿柘穀棟楸梓檉樗剛柔性異貞脆質殊卑高沃塉各隨所如幹合抱以隱岑杪千仞而排虛凌岡上而喬竦蔭澗下而扶疏沿長谷以傾柯攢積石以插衢華映水而增光氣結風而回敷當嚴勁而蔥蒨承和煦而芬腴送墜葉於秋晏遲含蕚於春初皆木之類選其美者載之山脊曰岡岡上澗下長谷積石各隨其方離騷

云青春受謝白日昭貝詩云蕚不韡韡也植物既載動類亦繁飛泳騁透胡可根源觀貌相音備列山川寒燠順節隨宜匪敦草木竹植物魚鳥獸動物獸有相種有騰者有走者走者騁騰者透謂種類既繁不可根源但觀其貌狀相其音聲則知山川之好與節隨宜自然之數非可敦戒也魚則鰻鱧鮒鱮鱒鯇鰱鯿魴鮪鯋鱖鱨鯉鯔鱣輯采雜色錦爛雲鮮唼藻戲浪汎符流淵或鼓鰓而湍躍或掉尾而波旋鱸鮆乘時以入浦鱤鯼沿瀨以出泉鰻音優鱧音禮鮒音附鱮音敘鱒音寸袞反鯇音睍鰱音連鯿音毖仙反魴音房鮪音宥鯋音沙鱖音居綴反鱨音上羊反鯔音比之反鱣音竹仚反皆說文

字林音詩云錦衾有爛故云錦爛鱸鮆乘時鳥
魚鰄音感[魚+迅]音迅皆出谿中日上恒以爲翫
則鵾鴻鶂鵠鶖鷺鴇鷫鷄鵲繡質鶬鸐綬章晨
鳧朝集時鷸山梁海鳥違風朔禽避涼荑生歸
北霜降客南接響雲漢侶宿江潭聆清哇以下
聽載王子而上參薄回渉以弁翰映明壑而自
耽此鵾音昆鴻音洪鶂音溢左傳六鶂過飛字如
鵠音下竺反鶖音秋鷺音路鴇音保鷫音
相唐公之馬與此鳥色同故謂爲鷫音相鷄鵲
鶬鳥見張茂先博物志鸐音翟亦雉之美者此
四鳥並美采質鳧音符野鴨也常待晨而飛鷸
音巳消及長尾雉也論語云山梁雌雉時哉時
哉海鳥爰居臧文仲不知其鳥以爲神也事見
左傳朔禽鴈也寒月轉往衡陽禮記霜始降鴈

來賓歲暮云鴈北向政是陽初生時蒐生歸北霜降客南山[illegible]映水自翫其羽儀者山上則猨貚貍獾犴獌豻猛山下則熊羆豺虎獂鹿猨音袁貚音魂貍音力之反獾音火丸反犴音立懸反獌音曼似獾而長狼之屬一曰貙豻音安黚反猛音弋生反貍之黃黑者一曰似豺豺音在皆反獂音元野羊大角麢音鬼垠反麖音京能掉擲虎長嘯猨哀鳴鳴聲可翫麢麖擲飛枝於窮崖踔空絕於深硎蹲谷底而長嘯攀木杪而哀鳴緡綸不投罝羅不披磻弋靡用蹄筌譏施鑑虎狼之有仁傷遂欲之無崖顧弱齡而涉道悟好生之咸宜率所由以及物諒不遠之在斯撫鷗鮍而悅

豫杜機心於林池八種皆是魚獵之具自必不殺至乎白首故在山林中而此歡永廢莊周云虎狼仁獸豈不父子相親世云虎狼暴虐者政以其如禽獸而人物不自悟其毒害而言虎狼可疾之甚苟其遂欲豈復崖限自弱齡奉法故得免殺生之事苟此悟萬物好生之理易云不遠復無祇悔庚乘此得以入道莊周云海人有機心鷗鳥舞而不下今無害彼之心各悅豫於林池也敬承聖誥恭窺前經山野昭曠聚落羶腥故大慈之弘誓拯羣物之淪傾豈寓地而空言必有貸以善成欽鹿野之華苑羨靈鷲之名山企堅固之貞林希菴羅之芳園雖粹容之緬邈謂哀音之恒存建招提於幽峰冀振錫

之息肩庚鐙王之贈席想香積之惠餐事在微而思通理匪絕而可温賈誼弔屈原云恭承嘉惠敬承亦此之流聚落是墟邑謂歌哭諍訟有諸諠譁不及山野爲僧居止也經教欲令在山中皆有成文老子云善貸且善成此道惠物也鹿苑說四眞諦處靈鷲山說般若法華處堅固林說泥洹處菴羅園說不思議處今旁林蓺園制苑彷彿在昔依然託想雖粹容緬邈哀音若存也招提謂僧不能常住者可持作坐處也所謂息肩鐙王香積事出維摩經論語云温故知新理既不純更宜復温則可待爲已之日用也　爰初經略杖策孤征入澗水涉登嶺山行陵頂不息窮泉不停櫛風沐雨犯露乘星研其淺思罄其短規非龜非筮擇良選奇翦

榛開逕尋石覓崖四山周回雙流逶迤面南嶺建經臺倚北阜築講堂傍危峰立禪室臨浚流列僧房對百年之高木納萬代之芬芳抱終古之泉源美膏液之清長謝麗塔於郊郭殊世間於城傍欣見素以抱樸果甘露於道場云初經畧躬自履行備諸苦辛也罄其淺短無假於龜筮貧者既不以麗爲美所以即安茅茨而已是以謝郊郭而殊城傍然清虛寂寞實是得道之所也苦節之僧明發懷抱事紹人徒心通世表是遊是憩倚石構草寒暑有移至業莫矯觀三世以其夢撫六度以取道乘

恬知以寂泊含和理之窈窕指東山以冥期實西方之潛兆雖一日以千載猶恨相遇之不早謂曇隆法流二法師也二公辭恩愛棄妻子輕舉入山外緣都絕魚肉不入口糞掃必在體物見之絕歎而法師處之夷然詩人西發不勝造道者其亦如此往石門瀑布中路高棲之游昔告離之始期生東山沒存西方相遇之欣實以一日爲千載猶慨恨不早賤物重己棄世希靈駭彼促年愛是長生冀浮丘之誘接望安期之招迎甘松桂之苦味夷皮褐以頹形羨蟬蛻之匪日撫雲霓其若驚陵名山而屢憩過巖室而披情雖未階於至道且緬絕於世纓

指松菌而興言良未齊於殤彭此一章叙仙學者雖未及佛道之高然出於世表矣浮丘公是王子喬師安期先生是馬明生師二事出列仙傳洞眞經云今學仙者亦明師以自發悟故不辭苦味顏形也莊周云和以天倪倪者崖也數經歷名山遇余巖室披露其情性且獲長生方之松菌殤彭邈然有間也山作水役不以一牧資待各徒隨節競逐陟嶺刊木除榛伐竹抽筍自篁擿箬于谷楊勝所拮秋冬藴獲野有蔓草獵涉蘡薁亦醞山清介爾景福苦以木成甘以橎熟慕椹高林剝芨巖椒掘蒨陽崖擿鮮陰標畫見搴茅宵見索綯芟菰翦蒲以薦以茭既

坭既埏品收不一其灰其炭咸各有律六月採蜜八月撲栗備物爲繁略載靡悉此一章謂是山作及水役採拾諸事也然漁獵之事皆不載楊楊桃也山間謂之木子藟音覆字出字林詩人云六月食鬱及薁獵涉字出爾雅木木酒味苦擣擣酒味甘竝至美兼以療病擣冶靡核木冶瘀冷椹音甚味似菰菜而勝刋木而作之謂之慕茇音及採以爲紙蒨音倩採以爲渫攤音歎採以爲飲採蜜撲栗各隨其月也若乃南北兩居水通陸阻觀風瞻雲方知厥所兩居謂南北兩處各有居止峰崿阻絕水道通耳觀風瞻雲然後方知其處所南山則夾渠二田周嶺三苑九泉別澗五谷異巘羣峰參差出其間連岫複陸成其坂衆

流派灌以環近諸堤擁抑以接遠遠堤兼陌近流開湍淩阜泛波水往步還還回往匝枉渚員巒呈美表趣胡可勝單抗北頂以葺館殷南峰以啓軒羅曾崖於戶裏列鏡瀾於窻前因丹霞以赬楣附碧雲以翠椽視奔星之俯馳顧[illegible]之未牽鵾鴻飜翥而莫及何但鷰雀之翩翾氿泉傍出潺湲於東檐桀壁對峙硿礲於西霤脩竹葳蕤以翳薈灌木森沈以蒙茂蘿蔓延以攀援花芬薰而媚秀日月投光於柯間風露披清

於嵔岫夏涼寒燠隨時取適階基回互橑櫺乘隔此焉卜寢翫水弄石邇即回眺終歲罔斁傷美物之遂化悲浮齡之如借眇遯逸於人羣長寄心於雲霓南山是開創卜居之處也從江樓步路跨越山嶺綿亘田野或升或降當三里許塗路所經見也則喬木茂竹緣畛彌皐橫波疎石側道飛流以爲寓目之美觀及至所居之處自西山開道迄于東山二里有餘南悉連嶺疊鄣青翠相接雲煙霄路殆無倪際從逕入谷凡有三口方壁西南石門世[illegible]南[illegible]池東南皆別載其事緣路初入行於竹逕半路闊以竹渠澗既入東南傍山渠展轉幽奇異處同美路北東西路因山爲鄣正北狹處踐湖爲池南山相對皆有崖巖東北枕壑下則清川如鏡傾柯盤石被隩映渚西巖帶林去潭可二十

丈許葺基構宇在巖林之中水衛石階開窻對山仰眺曾峰俯鏡濬壑去巖半嶺復有一樓迴望周眺既得遠趣還顧西館望對窻户緣崖下者密竹蒙逕從北直南悉是竹園東西百丈南北百五十五丈北倚近峰南眺遠嶺四山周回溪澗交過水石林竹之美巖岫隈曲之好備盡之矣刋翦開築此焉居處細趣密翫非可具記故較言大勢耳越山列其表側傍緬■爲異觀也

因以小湖鄰於其隈衆流所湊萬泉所回洸濫異形首毖終肥別有山水路邈緬歸洸濫肥毖皆是泉名事見於詩云此萬泉所湊名有形勢求歸其路迺界北山棧道傾虧蹬閣連卷復有水逕繚繞回圓瀰瀰平湖泓泓澄淵孤岸竦秀長洲芊綿既瞻既眺曠矣

悠然及其二川合流異源同口赴隘入險俱會山首瀨排沙以積丘峰倚渚以起阜石傾瀾而捎巖木映波而結藪逕南漘以横前轉北崖而掩後隱叢灌故悉晨暮託星宿以知左右往反經過自非巖澗便是水逕洲島相對皆有趣也山川澗石州岸草木旣標異於前章亦列同於後贖山匪岨而是岵川有清而無濁石傍林而挿巖泉協澗而下谷淵轉渚而散芳岸靡沙而映竹草迎冬而結葩樹凌霜而振綠向陽則在寒而納煦面陰則當暑而

合雲連岡則積嶺以隱嶙舉峰則羣竦以截嶭浮泉飛流以寫空沆波潛溢於洞穴凡此皆異所而咸善殊節而俱悅土山載石曰砠山有林曰岵此章謂山川衆美亦不必有故總叙其最居山之後事亦皆有尋求也春秋有待朝夕須資既耕以飯亦桑貿衣藝菜當肴採藥救頽自外何事順性靡違法音晨聽放生夕歸研書賞理敷文奏懷凡厥意謂揚較以揮且列于言誠特此推謂寒待綿纊暑待絺綌朝夕餐飲設此諸業以待之藥以療病又在其外事之相推自不得不然至於聽講放生研書敷文皆其所好韓非有揚較班固亦云揚較古今其義一也

左思曰爲左右楊較而陳之非山二園，南山三苑。百果備列，乍近乍遠。羅行布株，迎早候晚。猗蔚溪澗，森疎崖巘。杏壇㮈園，橘林栗圃。桃李多品，梨棗殊所。枇杷林檎，帶谷映渚。椹梅流芬於回巒，椑柿被實於長浦。莊周云漁父見孔子杏壇之上維摩詰經㮈樹園楊雄蜀都賦云橘林左太冲亦云户有橘柚之園桃李所植甚多棗梨事出北河濟之間淮潁諸處故云殊所也畦町所藝，含蘂藉芳。蓼蕺䕡薺，葑菲蘇薑。綠葵眷節以懷露，白薤感時而負霜。寒葱摽倩以陵陰，春藿吐苕以近陽。葑菲見詩柏舟中管子曰非伐山戎得寒葱庾闡云寒葱挺園灌溉自供不待外求者也弱質難恒頹齡易喪撫鬢生悲視顔自傷承清府之有術冀在衰之可壯尋名山之奇藥越靈波而憩轅採石上之地黄摘竹下之天門摭曾嶺之細辛拔幽澗之溪蓀訪鍾乳於洞穴訊丹陽於紅泉此皆往年之藥即近山之所出有採拾欲以消病也安居二時冬夏三月遠僧有來近衆無闕法鼓朗響頌偈清發散華霏蕤流香飛越析曠劫之微言說像法之遺旨乘此心之一豪濟彼生之萬理啓善趣於南倡歸清暢於北機非獨

歷於予情諒僉感於君子山中兮清寂羣紛兮
自絕周聽兮匪多得理兮俱悅寒風兮搔屑面
陽兮常熱炎光兮隆熾對陰兮霜雪愒曾臺兮
陟雲根坐澗下兮越風穴在茲城而諧賞傳古
今之不滅衆僧冬夏二時坐謂之安居輒九十日衆遠近聚萃法鼓頌偈華香四種是齋講之事析說是齋講之議乘此之心可濟彼之生南倡者都講非機者法師山中靜寂實是講說之處兼有林木可隨寒暑恒得清和以爲適也好生之篤以我而
觀懼命之盡吝景之懽分一往之仁心拔萬族
之險難招驚魂於殆化收危形於將闌漾水性

於江流吸雲物於天端覩騰翰之頑頡頏鼓翹之往還馳騁者儻能狂愈猜害者或可理攀云物皆好生但以我而觀便可知彼之情吝景懼命是好生事也能放生者但有一往之仁心便可拔萬族之險難水性雲物各尋其生老子云馳騁田獵令人心發狂猜害者恒以恐害為心見放生之理或可得悟也哲人不存懷抱誰質糟粕猶在啓縢剖褰見柱下之經二觀濠上之篇七承未散之全樸救已頽於道術歴夫六藝以宣聖教九流以判賢徒國史以載前紀家傳以申世模篇章以陳美刺論難以覈有無兵技醫日龜筴筮

夢之法風角冢宅算數律曆之書或平生之所流覽並於今而棄諸驗前識之喪道抱一德而不渝莊周云輪扁語齊桓公公之所讀書聖人之糟粕滕者金滕之流也柱下老子濠上莊子二七是篇數也云此二書最有理過此以往皆是聖人之教獨往者所棄伊昔齠亂實愛斯文援紙握管會性通神詩以言志賦以敷陳箴銘誄頌咸各有倫爰暨山棲彌歷年紀幸多暇日自求諸已研精靜慮貞觀厥美懷秋成章含笑奏理謂少好文章及山棲以來別緣既闌尋慮文詠以盡暇日之適便可得通神會性以永終朝若迺乘攝持之告許餐達之

篇長絕迹之不違懼行地之多艱均上皇之自智忌下衰之在儕援吾心於高人落賓名於聖賢廣滅景於崆峒許遁音於箕山愚假駒以表谷涓隱巖以搴芳庚宅畧以葆和輿陵峨而善狂萊庇蒙以織畚徐韜魏而采芓皓棲商而頎志鄭寢茂而敷詞鄭別谷而永逝梁去霸而長噫高居唐而胥宇臺依崖而穴堀咸自得以窮年眇貞思於所遺老子云善攝生者莊子云謂之不善持生又云養生有無崖達生者不務生之所無柰何絕迹上皇下衰賓名義亦皆出莊周廣成子在崆峒之上黃帝

之師也許由隱於箕山堯以天下讓而不取愚公居于駒阜齊桓公逐鹿入山見之謂子隱於宕山好餌术告伯陽琴心三篇庚桑楚得老子之道居喂壘之山楚狂接輿楚王聞其賢使使者聘之於是遂游諸名山在蜀峨眉山上徐無鬼巖棲魏侯勞之問先生苦山林矣乃肯見寡人無鬼問君紬嗜欲屏好惡則耳目察矣常采芋栗老萊子耕於蒙山之陽著書十五篇言道家之事織畚爲業四皓避秦亂入商洛深山漢祖召不能出司馬長卿高才而處世不樂預公卿大事病免家居茂陵鄭子眞耕隱谷口大將軍王鳳禮聘不屈遂與弟子別於山阿終身不反梁伯鸞隱霸陵山中耕織以自娛後復入會稽山臺孝威居武安山下依崖爲土室采藥自給高文通居西唐山從容自娛也

暨其窈窕幽深寂寞虛遠事與情乖理與形反旣耳目之靡端豈足跡之所

踐藴絡古於三季俟通明於五眼權近慮以停筆抑淺知而絶簡謂此既非人跡所求更待三明五通然後可踐履耳故停筆絶簡不復多云冀夫賞音悟夫此旨也

康樂集　卷一

謝康樂集卷之二

宋陳郡謝靈運客兒著
明閩漳張　燮紹和纂

賦

撰征賦

蓋聞昏明殊位貞晦異道雖景度回革亂多治寡是故升平難於恒運剝喪易以横流皇晉受命河汾來遷吳楚數歷九世年踰十紀西秦無一援之望東周有三辱之憤可為積禍纏釁固

以久矣況乃陵塋幽翳情敬莫遂日月推薄帝心彌遠慶靈將升時來不爽相國宋公得一居貞回乾運軸內匡寰表外清遐甸每以區宇未統側席盈慮值天祚攸興昧弱授機龜筮元謀符瑞景徵於是仰祗俯協順天從兆與止戈之師躬暫勞之討以義熙十有二年五月丁酉敬戒九伐申命六軍治兵于京畿次師于汳上靈檣千艘雷輜萬乘羽騎盈塗飛旍蔽日別命羣帥誨謨惠策法奇於三略義秘於六韜所以鉤

棘未曜殞前禽於金墉威張始鼓走鈠隼於滑臺曾不踰月二方獻捷宏功懋德獨絶古今天子感東山之劬勞慶格天之光大明發興於鑒寐使臣遵于原隰余攝官承乏謬充殊役皇華愧於先雅靡鹽額於征人以仲冬就行分春反命塗經九守路踰千里沿江亂淮遡薄泗汳詳觀城邑周覽丘墳眷言古迹其懷已多昔皇祖作藩受命淮徐道固苞桑勲由仁積年月多歷市朝已改永爲洪業纏懷清歷於是采訪故老

尋履往迹而遶感深慨痛心殞涕遂寫集聞見
作賦撰西征俾事運遷謝託此不朽其詞曰
系烈山之洪緒承火正之明光立熙載於唐后
申讚事於周王疇庸命而順位錫寶珪以徹疆
歷尚代而平顯降中葉以繁昌業服道而德徽
風行世而化揚授前蹤以永冀省輶質以遠傷
睠謀始于著蔡違用舍於行藏庇常善之罔棄
悳曲成之不遺昭在幽而偕煦賞彌久而愈私
眷晚草之薄弱仰青春之葳蕤引蔓頴於松上

擢纖枝於蘭逵施隆貸而有渥報涓塵而無期歡太階之休明穆皇道之緝熙惟王建國辨方定隅內外既正華夷有殊惟昔小雅逮于班書戎蠻孔熾是殛是誅所以宣王用棘於獫狁高帝方事於匈奴然侵鎬至涇自塞及平闕郊伺鄙[illegible]慕攜王之矯虔階喪亂之未寍竊强秦之三輔陷隆周之兩京雄峭滙以制險據繞霤而作扃家末懷於故壤國願言於先塋俟太平之曠期屬應運之聖明坤寄通於四瀆乾

假照於三辰水潤土以顯比火炎天而同人惟上相之叡哲當草昧而經綸總九流以貞觀協五才而平分時來之機悟先於介石納隍之誠一援於生民龜筮允臧人鬼同情順天行誅司典詳刑樹牙選徒秉鉞抗旍弧矢罄楚孝之心智戈棘單吳子之精靈迅三翼以魚麗襄兩服以鴈逝陣未列於都甸威已振於秦薊灑嚴霜於渭城被和風於洛汭就終古以比猷考墳冊而莫契昔西怨於東徂今非伐而南悲登朝野

之恒情動萬乘之幽思歌零雨於豳風興採薇
於周詩慶金墉之凱定眷戎車之遷時佇千里
而感遠涉弦望而懷期詔微臣以勞問奉王命
於河湄夕飲餞以俶裝旦出宿而言辭歲既晏
而繁慮日將邁而戀乖闕敬恭於桑梓謝履長
於庭階冒沈雲之掩藹迎素雪之紛霏凌結澌
而凝清風矜籟以揚哀情在本而易阜物雖末
而難懷眷余勤以就路苦憂來其城頹爾乃經
雉門啓浮梁眺鍾巖越查塘覽永嘉之綦維尋

建武之緝綱于時内慢神器外侮戎狄君子横流庶萌分析主晋有祀福祿來格明兩降覽三七辭厄元誕德以膺緯肇回光於陽宅明思服於下武興繼代以消逆簡文因心以秉道故冲用而刑廢孝武捨己以仗賢亦寧外而治内觀日化而就損庶雍熙之可對閔隆安之致寇傷龜玉之毀碎漏妖凶於滄洲纏釁難而盈紀時焉依於晋鄭國有蹶於百里賴英謨之經營弘兼濟以忘己主宸内而綏虞澄海外以濆滓至

如昬祲蔽景鼎祚傾基黍離有歎鴻鴈無期瞻
天命之貞符秉順動而履機率駿民之思効普
邦國而同歸盪積霾之穢氛啓披陰之光暉反
平陵之杳藹復七廟之依稀務役簡而農勸每
勞賞而忠甄燮時雍於祖宗掃
逋醜於漢渚滌僭逆於岷山羈梟虜於西木引
鼻飲於源淵惠要襋而思踐援冠弁而求虔視
治城而北屬懷文獻之收揚匪元首之康哉孰
股肱之惟良譬觀曲而識節似綴組以成章業

爾纏而彌微事愈有而莫傷次石頭之雙岸究孫氏之初基幸漢庭之漏網憑江介以抗維初鵠起於富春果鯨躍於川湄匪三世而國盛歷五偽而宗夷察成敗之相仍猶唇亡而齒寒載十二而謂紀登蜀滅而吳安衆咸昧於謀兆羊獨悟於理端請廣武以誨情樹襄陽以作藩拾建業其如遺泝萬里而誰難疾會荒之詖辭惡京陵之譖言責當朝之憚貶對曩籍而興歎敦怙寵而判違敵既勍而國圮彼問鼎而何階必

先賊於君子原性分之異託雖殊塗而歸實或卷舒以愚智或治亂其如矢謝昧迹而託規卒安身以全里周顯節而犯逆抱正情而喪巳薄四望而尤睠歎王路之中鯁蠹干越之妖燼敢凌蹈於五嶺崩雙嶽於中流擬凶威於荆郢隱雷霆於帝坐飛芒鏃於宫省于時朝有遷都之議人無守死之志師旅痛於久勤城墉闕於素備安危勢在不俟衆寡形於見事於赫淵謀研其神策緩轡待機追奔躡迹遇雷池而振曜次

彭蠡而殲滌穆京甸以清晏撤多壘而寍役造白石之祠壇懟二豎之無君踐掖庭以幽辱凌祧社而火焚愍文康之罪巳嘉忠武之立勳道有屈於災蝕功無謝於如仁訊落星之饗旅索舊棲於吳餘迹階危而不見橫榛卉以荒除彼生成之樂辰亦猶今之在余慨齊吟於爽鳩悲唐歌於山樞予僞孫於徐首率君臣以奉疆時運師以伐罪偏投書於武王迄西井之落紐乏東南以振綱誠鉅平之先覺實中興之後祥據

左史之攸徵胡影迹之可量過江乘而責始知遇雄之無謀厭紫微之宏凱甘陵波而遠遊越雲夢而南泝臨浙河而東浮彀連弩於川上候蛟龍於中流爰薄方與廼届歐陽入夫江都之域次乎廣陵之鄉易千里之曼曼泝江流之湯湯洊赤圻以經復越二門而趄漲眷北路以興思看東山而怡目林叢薄路逶迤石參差山盤曲水激瀨而駿奔日映石而知旭審兼照之無偏怨歸流之難濯羡輕魵之涵泳觀翔鷗之落

啄在飛沈其順從顧微躬而緬邈於是抑懷蕩
慮揚榷易難利涉以吉天險以艱于敵伊阻在
國斯便勾踐行霸於瑯邪夫差爭長於黄川葛
相發歎而思正曹后愧心於千魂登高堞以詳
覽知吳濞之衰盛戒東南之逆氣成劉后之驕
聖藉鹽鐵之殷阜臨淮楚之剽輕盛几杖而弭
心怒抵局而遂爭忿爰盎之扶禍惜徒傷於家
令匪條侯之忠毅將七國之陵正褒漢藩之治
民竝訪賢以招明侯文辯其誰在曰鄒陽與枚

生據忠辭於吳朝執義說於梁庭數高才於兎園雖正言而免刑闕里既巳千載深儒流於末學欽仲舒之睟容遵縫掖於前躅對園囿而不闚下帷幙而論屬相端非之兩驕遭弘偃之雙慝恨有道之無時步險塗以側足聞宣武之大閱反師旅於此塵自皇運之都東始昌業以濟難抗素旄於秦嶺楊朱旗於巴川懼帝系之墜緒故黜昏而崇賢嘉收功以垂世嗟在嗣而覆旃德非陝而繼宰亹踰禹其必顛造步兵而長

想欽太傅之遺武思嘉遁之餘風紹素履之落緒民志應而願稅國屯難而思撫譬乘舟之待楫象提釣之假縷總出入於和就兼仁用於默語弘九流以擦四維復先陵而清舊宇却西州之成功指東山之歸予借圖南之啓運恨鵬翼之未舉發津灈而迴邁逗白馬以憇舲貫射陽而望邗溝濟通淮而薄角城城陂陁兮淮驚波平原遠兮路交過面芜野兮悲橋梓遡急流兮苦積沙夐千里而無山緬百谷而有居被宿莽

以迷徑覩生煙而知墟缺六字謂信美其可娛身
少長於樂土實長歎於荒餘具瘁値
歲寒之窮節視層雲之崔巍聆悲飈之掩肩彌
晝夜以滯滛悠凝陰之方結望新晴於落日起
明光於躋月眷轉蓬之辭根悼朔鴈之赴越披
微物而疚情此思心其可說問徭役其幾時駭
閱景於興沒感日歸於采薇予來思於雨雪登
初征之懼對冀鶴鳴之在垤踰宿鶩
吾楫於邳鄉奚車正以事夏虺左相以輔湯綿

三代而亭邑厠踐土之一匡嗟仲幾之寵侮遂
捨存以徵亡喜薛宰之善對美士彌之能綱升
曲垣之透迤訪淮陰之所都原入跨之達恥侯
遭時以遠圖捨西楚以擇木迨南漢以定謨亂
孟津而魏滅攀井徑而趙徂播靈威於齊橫振
餘猛於龍且觀讓遁而告係咎始智而終愚迄
沂上而停枻登高圯而不進石幽期而知賢張
揄景而示信本文成之素心要王子於雲仍登
無累於淸霄豈有繫於貞吝始熙績於武關率

敷功於皇亂處夷險以解揑弘憂虞以時順矜若華之翳晷哀飛驂之落駿傷粒食而興念眷逸翮而思振戾臣山而東顧美相公之前代嗟殘虜之將糜熾餘奔於海濟驅鮐稚於淮曲暴鰥孤於泗濱託末命■雲冀靈武之北闕惟授首之在晨當盛暑而選徒肅嚴威以振響漸溫澤而沾腴既雲徹於朐城遂席卷於齊都襄四關其奚阻道一變而是孚傷炎季之崩弛長逆布以滔天假父子以至愛借兄弟以僞恩相

魏武以譎狂究謨奮於東藩俘未譟於東郭身巳讖於樓門審貢牧於前說證所作於舊徐聆泗川之浮磬覩夷水之蠙珠草漸苞於熾壤桐孤幹於嶧隅慨禹迹於尚世惠遺文於夏書紛征邁之淹畱彌懷古於舊章商伯文於故服感徵名於彭殤眺靈壁之會峰投呂縣之迅梁想蹈水之行歌雖齊汨其何傷啓仲尼之嘉問告性命以依方豈苟然於迂論聆寓言於達莊於是濫石橋登戲臺策馬釣渚息轡城隅永感四

山雩淚雙渠毖物華之推斁觀舟壑之遷遷謂徂歲之悠淵結幽思之方根感皇祖之徽德爰識沖而量淵降俊明以鏡鑑迴風猷以昭宣道既底於國難惠有覃於黎元士頌歌於政敎民謠詠於渥恩兼采芑之致美協漢廣之發言强虎氏之搏翼瀉雲網於所禁驅黔萌以蘊崇取圍陵而湮沈錫殘落於河西序淪胥於漢陰攻方城而折衝擾譙頹其誰任世闕才而貽亂時得賢而與治救祖考之邦壤在幽人而枉志體

飛書之遠情悟犒師之通識迨明達之高覽契古今而同事拔淵謨於潛機騁神鋒於雲旆驅斥澤而風靡躡坑谷而鳥竄中華免夫左衽江表此焉緩帶旣剋黜於肥六又作鎮於彭沛晏皇塗於國內震天威於河外掃東齊而巳盪指西崤而將秦僞秉均而代謝實大業之興廢心無忝於樂生事有像於燕惠抱明哲之不伐奉宏勳而是稅捐七州以爰來歸五湖以投袂屈盛績於平生申遠期於暮歲訪曩載於宋鄙採

陽秋於會經晉申好於東吳鄭憑威於南荆故
反師於曹門將以塞於夷庚納五叛以長寇伐
三邑以侵彭失西鉏之忠辭快韓厥之奇兵追
項王之故臺迹覇楚之遺端挺宏志於總角奮
英勢於弱冠氣蓋天而倒日力拔山而傾澥始
飈起於勾越中電激於衡闗興偏慮於攸吝志
即易於所難忌陳錦而莫照思反鄉而有歎且
夫殺義害嬰而優豐疑緤賢不策失位誰持追
理屈而愈閉方悲天而懐悲對駿騅以發憤傷

虞姝於末詞陟亞父之故營諒謀始之非託遭衰嬴之崩綱值威炎之結絡迄皓首於阜陵猶謬覺於然諾視一人於三傑豈在已之庸弱置豐沛而不舉故自同於俎鑊發卞口而游歷迄西山而弭轡觀終古之幽憤懷元王之沖粹丁戰國之權爭方括心於道肆學浮丘以就德友三儒以成類潔流始於初源累仁基於前美撥楚族之休胤傳芳素於來祀彊見譽於清虛德致稱於千里或避寵以辭姻或遺榮而不仕政

豈言以安身駿絕才以喪巳驅信道之成敗[illegible]昧世之虧始悟介焉之巳乖則不俟於終日慨防萌於未著雖念德其何益爾乃孟陬發節雷隱蟄驚散葉荑柯芳藹飾萌麥萋萋於庵丘柳依依於高城相雎鳩之集河觀鳴鹿之食苹沂泗遠兮清川急秋冬近兮緒風襲風流蕙兮水增瀾謫愁衿兮鑑戚顏愁盈根而蘊際戚發條而成端嗟我行之彌日待征邁而言旋荷慶雲之優渥周雙七於此季陶逸豫於京甸違險難

於行川轉歸弦而眷戀望脩檣而流漣顧關鄴
之遙清遲華鑾之凱旋穆淳風於六合溥洪澤
於八埏須賢愚於大小順規矩於方圓固四民
之獲所宜稅稷於萊田苦邯鄲之難步庚行迷
之易痊長守朴以終稔亦拙者之政焉

謝康樂集卷之三

宋陳郡謝靈運客兒著
明閩漳張　燮紹和纂

賦

歸塗賦

昔文章之士多作行旅賦或欣在觀國或怵在斥徙或述職邦邑或羈役戎陳事由于外興不自已雖高才可推求懷未愜今量分告退反身草澤經塗履運用感其心賦曰

承百世之慶靈遇千載之優渥匪康衢之難踐諒跬步之易局踐寒暑以推換眷桑梓以緬邈褫簪帶于窮城反巾褐于空谷果歸期于願言獲素念于思樂于是舟人告辦佇楫在川觀鳥候風望景測圓背海向溪乘潮傍山悽悽送歸悠悠告旋時旻秋之杪節天既高而物衰雲上騰而鴈翔霜下淪而草腓捨陰漠之舊浦去陽景之芳蕤林乘風而飄落水鑒月而含輝發青田之枉渚逗白岸之空亭路威夷而詭狀山側

背而異形停余舟而淹留搜緭雲之遺迹漾百
里之清潭見千仞之孤石歷古今而長在經盛
衰而不易

羅浮山賦

客夜夢見延陵茅山在京之東南明旦得洞經所載羅浮山事云茅山是洞庭口南通羅浮正與夢中意相會遂感而作羅浮山賦曰

若遡茅公之說神化是悉數非億度道單悒憍洞四有九此惟其七潛夜隱輝幽境朗日故曰朱明之陽宮耀真之陰室洞穴之寳衢海靈之雲術伊離情之易結諒沉念之羅浮發潛夢於永夜若遡波而乘桴越扶嶼之細漲上增龍之

合流鼓蘭栧以水宿杖桂策以山遊

嶺表賦

若乃長山欵跨外内乖隔下無伏流上無夷跡麕麚望岡而旋歸鴻鴈覩峰而返翮睨陟麓而踐坂遂升降于山畔顧後路之傾巘眺前磴之絶岍看朝雲之抱岫聽夕流之注澗羅石綦布陘譎横越非山非阜如樓如闕班采類繡明白若月蘿蔓絶攀苔衣流滑

怨曉月賦

臥洞房兮當何悅滅華燭兮弄曉月昨三五兮既滿今二八兮將缺浮雲褰兮收泛灔明舒照兮殊皎潔墀除兮鏡鑑房櫳兮澄澈

長谿賦

潭結綠而澄清瀨揚白而載華飛急聲之瑟汨散輕文之漣羅始鏡底以如玉終積嘶而滅沙

江妃賦

招魂定情洛神清思覃曩日之敷陳盡古來之妍媚矧今日之逢迎邁前世之靈異姿非定容服無常度兩宜歡嚬俱適華素于時升月隱山落日映嶼收霞斂色迴飈拂渚每馳情于晨暮矧良遇之莫叙投明璫以申贈覯色授而魂與沇分湘岍延情蒼陰隔山川之表裏判天地之浮沉承嘉約于往昔寍更貳于在今儻借訪于交甫知斯言之可諶蘭音未吐紅顏若暉留眄

光溢動袂芳菲散雲巒之絡繹按靈輜而徘徊

建羽旌而逶迤奏清管之依微慮一別之長絕

眇天末而永違

又江妃賦

小腰微骨朱衣皓齒綿視騰來靡容膩理嗟佳人之恥邁睨霄際而皓語懼展愛之未期抑傾念而暫楚佇天台二娥宮亭雙媛青袿神接紫衣形見或飄翰凌煙或潛泳浮海萬里俄頃寸陰未改事雖假於雲物心常得於無待

入道至人賦

爰有名外之至人乃入道而館眞荒聰明以削智遁支體以逃身於是卜居千仞左右窮懸幽庭虛絶荒帳成煙水縱橫以觸石日參差於雲中飛英明於對溜積氤氳而爲峰推天地於一物横四海於寸心超埃塵以貞觀何落落此胸襟

逸民賦

于天唯舍唯用其見也則如游龍其潛也則如隱鳳來無所從去無所至有酒則舞無酒則醒不明不晦不昧不貞蕭條秋首蕨蕤春中弄琴明月酌酒和風御清風以遠路拂白雲而峻舉指寰中以爲期望繫外而延佇

辭祿賦

荷賞延之渥恩在弱齡而單惠蒙聖達之眷顧得乘閒以沈泄雖鑣轡之有名恒遊奬而匪滯解龜紐於城邑反褐衣於丘窗頫人事於一朝與世物乎長絶自牽綴於朱絲奄二九於斯年服纓佩於兩宮執鞭笏於宰蕃

感時賦

夫逝物之感有生所同顏年致悲時懼其速豈能忘懷迺作斯賦

相物類以迨已閔交臂之匪賒揆大耋之或遄指崦嵫于西河鑒三命于予躬怛行年之蹉跎于鶗鴂之先號挹芬芳而夙過微靈芝之頻秀迨朝露其如何雖發嘆之早晏諒大暮之同科

謝康樂集　卷三　一

孝感賦

舉高檣于楊潭眇投迹于炎州貫廬江之長路
出彭蠡而南浮于時月孟節季歲亦告暨離鄉
眷壤改時懷氣戀丘墳而縈心憶桑梓而零淚
孟積雪而抽筍王斷冰以鱠鮮萇柔葉于枯木
起春波于寒川顧微心之膚褊謝精靈于昭晰
擁永慕而莫從曾遐感而靡徹

傷己賦

嗟夫天下賞珍于連城孫別駿於千里彼珍駿以貽愛此陋容其敢擬丁曠代之渥惠遭謬眷于君子眺徂歲之驟經覩芳春之每始始春芳而羨物終歲徂而感己貌憔悴以衰形意幽翳而苦心出衾裯而載坐闢襜幌以廻瞻望步檐而周流眺幽閨之清陰想輕綦之往跡餐和聲之餘音播芬煙而不爇張明鏡而不照歌白華之絶曲奏蒲生之促調

謝康樂集卷之四

宋陳郡謝靈運客兒著
明閩漳張　燮紹和纂

樂府

善哉行（以下四言）

陽谷躍升虞淵引落景曜東隅晼晚西薄三春燠敷九秋蕭索涼來溫謝寒往暑却居德斯顧積善嬉謔陰灌陽叢凋華墮萼歡去易慘悲至鞞鑠擊節（樂府作激澌）當歌對酒當酌鄗哉愚人戚

戚懷瘼善哉達士滔滔處樂

隴西行

昔在老子、至理成篇。柱小傾大、綆短絕泉。烏之棲遊、林檀是閑。韶樂牢膳、豈伊攸便。胡為乖枉、從表方圓。耿耿僚志、慊慊丘園。善歌以咏、言理成篇。

日出東南隅行 以下五言

柏梁冠南山、桂宮燿北泉。晨風拂幨幌、朝日照閨軒。美人卧屏席、懷蘭秀瑶璠。皎潔秋松氣、淑德春景暄。

長歌行

倏爍夕星流，昱奕朝露團。粲粲烏有停，泫泫豈暫安。徂齡速飛電，頹節騖驚湍。覽物起悲緒，顧已識憂端。朽貌改鮮色，悴容變柔顏。變改苟催促，容色烏盤桓。亹亹衰期迫，靡靡壯志闌。既慙臧孫慨，復愧揚子歎。寸陰果有逝，尺素竟無觀。幸賒道念戚，且取長歌歡。

苦寒行

歲歲層冰合紛紛霰雪落浮陽減清暉寒禽叫
悲壑饑爨煙不興渴吸水枯涸

又

樵蘇無夙飲鑿冰煮朝飡悲矣採薇唱苦哉有
餘酸

豫章行

短生旅長世恒覺白日欹覽鏡睨頹容華顏豈
久期苟無迴戈術坐觀落崦嵫

相逢行　樂府作惠連今從藝文作靈運

行行即長道道長息班草邂逅賞心人與我傾懷抱夷世信難値憂來傷人平生不可保一解陽華與春渥陰柯長秋槁心慨榮去速情苦憂來早日華難久居憂來傷人諄諄亦至老二解親黨近卹庇昵君不常好九族悲素霰三良怨黃鳥邇朱白即頹憂來傷人近縞潔必造三解水流理就濕火炎同歸燥賞契少能諧斷金斷可寶千計莫適從憂來傷人萬端信紛繞四解巢林宜擇木結友使心曉心曉形迹略略邇誰能了相逢

既若舊憂來傷人片言代紵縞五解

折楊柳行二首

鬱鬱河邊樹青青野田草舍我故鄉客將適萬里道妻妾牽衣袂抆淚沾懷抱還拊幼童子顧托兄與嫂辭訣未及終嚴駕一何早負笮引文舟飢渴常不飽誰令爾貧賤咨嗟何所道

騷屑出穴風揮霍見日雪颼颼無久搖皎皎幾時潔未覺泮春冰已復謝秋節空對尺素遷獨視寸陰滅否桑未易繫泰茅難重拔桑茅迭生

運語默寄前哲

泰山吟

岱宗秀維岳崔崒刺雲天岝崿既嶮巇觸石輒芊綿登封瘞崇壇降禪藏肅然石閭何晻藹明堂祕靈篇

君子有所思行

總駕越鍾陵還顧望京畿躑躅周名都遊目倦(一作眷)忘歸市鄽無阨(一作夾)室世族有高闈密親麗華苑軒甍飾通逵孰是金張樂諒由燕趙詩

長夜恣酣飲窮年弄音徽盛往速露墜衰來疾風飛餘生不歡娛何以竟暮歸寂寥曲肱子瓢飲療朝饑所秉自天性貧富豈相譏

悲哉行 陸士衡集亦載此詩誤也陸別有一首

萋萋春草生王孫遊有情差池鷰始飛夭裊桃一作柳非始榮灼灼桃悅色飛飛燕弄聲檐上雲結陰澗下風吹清幽樹雖改觀終始在初生松蔦歡蔓延樛葛欣虆縈耿然遊宦子晤言時未弁鼻感改朔氣眼一作心傷變節榮侘傺豈徒然澄

綱作漫絶音形風來不可托鳥去豈爲聽

會吟行

六引緩清唱三調佇繁音列筵皆靜寂咸共聆會吟會吟自有初請從文命敷敷績壺冀始刊木至江汜列宿炳天文負海横地理連峰競千仞背流各百里滮池溉粳稻輕雲曖松杞兩京愧佳麗三都豈能似層臺指中天高墉積崇雉飛燕躍廣途鷁首戲清沚肆呈窈窕容五臣作客路曜姬娟子自來彌世代賢達不可紀勾踐善廢

興越叟識行止范蠡出江湖梅福入城市東方
就旅逸梁鴻去桑梓牽綴書土風辭殫意未已

緩歌行

飛客結靈友凌空萃丹丘習習和風起采采彤
雲浮（一作流）娥皇發湘浦霄明出河洲宛宛連螭
轡裔裔振龍旒（一作輀）

燕歌行（七言）

孟冬初寒節氣成悲風入閨霜依庭秋蟬噪柳
燕辭（樂府作棲）檻念君行役怨邊城君何崎嶇久徂

征。豈無膏沐感鸛鳴。對君不樂淚沾纓。闢窗開幌弄秦箏。調絃促柱多哀聲。遥夜明月鑒帷屏。誰知河漢淺且清。展轉思服悲明星。

鞠歌行 以下雜詩

德不孤兮必有鄰唱和之契冥相因譬如虬虎兮來風雲亦如形聲影響陳心歡賞兮歲易淪隱玉藏彩疇識真叔牙顯夷吾親郢既殁匠寢斤覽古籍信伊人永言知已感良辰

順東西門行

出西門眺雲間揮斤扶木墜虞泉信道人鑒徂川思樂暫捨誓不旋閔九九傷牛山宿心載違徙昔言競落運務頹年招命儕好相追牽酌芳酤奏繁絃惜寸陰情固然

上留田行

薄遊出彼東道上留田薄遊出彼東道上留田循聽一何矗矗上留田澄川一何皎皎上留田悠哉遏矣征夫上留田悠哉遏矣征夫上留田兩服上阪電遊（彙作雷逝）上留田舫舟下遊飈驅上

留田此別既久無適上留田此別既久無適上
留田寸心繫在萬里上留田尺素遵此千夕上
留田秋冬迭相去就上留田素雪紛紛鶴委上
留田清風飈飈入袖上留田歲云暮矣增憂上
留田歲云暮矣增憂上留田誠知運來詎抑上
留田熟視年往莫留上留田

詩

三月三日侍宴西池詩 四言

詳觀記牒，鴻荒莫傳。降及雲鳥，曰聖則天。虞承唐命，周襲商艱。江之永矣，皇心惟眷。矧乃暮春，時物芳衍。濫觴逶迤，周流蘭殿。禮備朝容，樂闋夕宴。

述祖德詩二首 以下五言

序曰：太元中，王父龕定淮南，負荷世業，尊主隆人。逮賢相徂謝，君子道消，拂衣蕃岳，考卜

東山事同樂生之時志期范蠡之舉

達人貴自我高情屬天雲兼抱濟物性而不纓垢氛段生藩魏國展季救魯人弦高犒晉師仲連却秦軍臨組乍不緤對珪甯肯分惠物辭所賞勵志故絶人苕苕歷千載遥遥播清塵清塵竟誰嗣明哲垂（選作時）經綸委講輟道論改服康世屯屯難既云康尊主隆斯民

中原昔喪亂喪亂豈解已崩騰永嘉末逼迫太元始河外無反正江介有蹶圯萬邦咸震懾横

流賴君子拯溺由道情龕暴資神理秦趙欣來蘇燕魏遲文軌賢相謝世運遠圖因事止高揖七州外拂衣五湖裏隨山疏濬潭傍巖蓺枌梓遺情捨塵物貞觀丘壑美

九日從宋公戲馬臺集送孔令

季秋邊朔苦旅鴈違霜雪凄凄陽卉腓皎皎寒潭絜潔同良辰感聖心雲旗興暮節鳴葭戾朱宮蘭巵獻時哲餞宴光有孚和樂隆所缺在宥天下理吹萬羣方悅歸客遂海隅脫冠謝朝列弭

棹薄枉渚指景待樂闋河流有急瀾浮驂無緩轍豈伊川途念宿心愧將別彼美丘園道喟焉傷薄劣

從遊京口北固應詔

玉璽戒誠信黃屋示崇高事爲名教用道以神理超昔聞汾水遊今見塵外鑣鳴笳發春渚稅鑾登山椒張組眺倒景列筵矚歸潮遠巖映蘭薄白日麗江皋原隰荑綠柳墟囿散紅桃皇心美陽澤萬象咸光昭顧巳枉維縶撫志慙場苗

工拙各所宜終以反林巢曾是縈舊想覽物奏長謠

永初三年七月十六日之郡初發都

述職期闌暑理棹變金素秋岸澄夕陰火旻團朝露辛苦誰爲情遊子值頽暮愛似莊念昔久敬曾存故如何懷土心持此謝遠度李牧愧長袖郤克慙躧步良時不見遺醜狀不成惡曰余亦支離依方早有慕生幸休明世親蒙英達顧空班趙氏璧徒乖魏王瓠從來漸二紀始得傍

歸路將窮山海迹永絕賞心悟

鄰里相送至方山

祗役出皇邑相期憩甌越解纜及流潮懷舊不能發析析就衰林皎皎明秋月含情易爲盈遇物難可歇積痾謝生慮寡欲罕所闕資此永幽棲豈伊年歲別各勉日新志音塵慰寂蔑

過始寧墅

束髮懷耿介逐物遂推遷違志似如昨二紀及茲年緇磷謝清曠疲薾慙貞堅拙疾相倚薄還

得靜者便剖竹守滄海枉帆過舊山山行窮登
頓水涉盡洄沿巖峭嶺稠疊洲縈渚連綿白雲
抱幽石綠篠媚清漣葺宇臨迴江築觀基曾巔
揮手告鄉曲二載期歸旋且爲樹枌檟無令孤
願言

富春渚

宵濟漁浦潭旦及富春郭定山緬雲霧赤亭無
淹薄遡流觸驚急臨圻阻參錯亮乏伯昏分險
過呂梁壑洊至宜便習兼山貴止託平生協幽

期淪躓困微弱久露干祿請始果遠遊諾宿心
漸申寫萬事俱零落懷抱旣昭曠外物徒龍蠖

七里瀨

羈心積秋晨晨積展遊眺孤客傷逝湍徒旅苦
奔峭石淺水潺湲日落山照曜荒林紛沃若哀
禽相叫嘯遭物悼遷斥存期得要妙旣秉上皇
心五臣作情豈屑末代誚目覩嚴子瀨想屬任公釣
誰謂古今殊異代可同調

晚出西射堂

步出西城門遥望城西岑連嶂疊巘崿青翠杳
深沈曉霜楓葉丹夕曛嵐氣陰節往慼不淺感
來念已深羈雌戀舊侶迷鳥懷故林含情尚勞
愛如何離賞心撫鏡華緇鬢攬帶緩促衿安排
徒空言幽獨賴鳴琴

登池上樓

潛虬媚幽姿飛鴻響遠音薄霄愧雲浮棲川作
淵沈進德智所拙退耕力不任徇祿反窮海臥
痾對空林衾枕昧節候褰開暫窺臨傾耳聆波

瀾舉目眺嶇嶔初景革緒風新陽改故陰池塘生春草園柳變鳴禽祁祁傷豳歌萋萋感楚吟索居易永久離羣難處心持操豈獨古無悶徵在今

遊南亭

時竟夕澄霽雲歸日西馳密林含餘清遠峰隱半規久痗昏墊苦旅館眺郊岐澤蘭漸被徑芙蓉始發池未厭青春好已覩朱明移慼慼感物歎星星白髮垂藥餌情所止衰疾忽在斯逝將

候秋水息景偃舊崖我志誰與亮賞心惟良知

遊赤石進帆海

首夏猶清和芳草亦未歇水宿淹晨暮陰霞屢
興沒周覽倦瀛壖況乃凌窮髮川后時安流天
吳靜不發揚帆採石華掛席拾海月溟漲無端
倪虛舟有超越仲連輕齊組子牟眷魏闕矜名
道不足適己物可忽請附任公言終然謝天伐

登江中孤嶼

江南倦歷覽江北曠周旋懷新道轉迥尋異景

不延亂流趨正絶五臣作孤嶼孤嶼媚中川雲日相輝映空水共澄鮮表靈物莫賞藴眞誰爲傳想像崑山姿緬邈區中緣始信安期術得盡養生年

登永嘉綠嶂山詩

裹糧杖輕策懷遲上幽室行源逕轉遠距陸情未畢澹瀲結寒姿團欒潤霜質澗委水屢迷林迥巖逾密眷西謂初月顧東疑落日踐一作殘夕奄昏曙蔽翳皆周悉蠱上貴不事履二美貞吉

幽人常坦步高尚邈難匹頤阿竟何端寂寂寄抱一恬如既已交繕性自此出

郡東山望溟海詩

開春獻初歲白日出悠悠蕩志將愉樂瞰海庶忘憂策馬步蘭皐緤控息椒丘采蕙遵大薄搴若履長洲白花皜陽林紫虈一作[illegible]曄春流非徒不弭忘覽物情彌遒萱蘇始無慰寂寞終可求

遊嶺門山詩

西京誰脩政龔汲稱良吏君子豈定所清塵慮

不嗣早蒞建德鄉民懷虞芮意海岸常寥寥空
館盈清思協以上冬月晨遊肆所喜千圻邈不
同萬嶺狀皆異威權三山峭瀞汩兩江駛魚舟
一作商登安流樵拾謝西芘人生誰云樂貴不屈
所志

石室山詩

清旦索幽異放舟越坰郊莓莓蘭渚急藐藐苔
嶺高石室冠林陬飛泉發山椒虛泛徑千載崢
嶸非一朝鄉村絕聞見樵蘇限風霄微戎無遠

覽總笄羨升喬靈域久韜隱如與心賞交合歡不容言摘芳弄寒條

登上戍石鼓山詩

旅人心長久憂憂自相接故鄉路遙遠川陸不可涉汨汨莫與娛發春托登躡歡願既無病戚慮庶有協一作怯極目睞左闊迴顧眺右狹日末澗增波雲生嶺逾疊白芷競新苕綠蘋齊初葉摘芳芳靡諼愉樂樂不燮佳期緬無像騁望誰云愜

行田登海口盤嶼山

羈苦孰云慰觀海藉朝風莫辨洪波極誰知大壑東依稀採菱歌彷彿含嚬容遨遊碧沙渚遊衍丹山峯

白石巖下徑行田

小邑居易貧災年民無生知淺懼不周愛深憂在情舊粲橫海外蕪穢積頹齡饑饉不可久甘心務經營千頃帶遠堤萬里瀉長汀洲流涓澮合連統塍埒幷雖非楚宮化荒闕亦黎明雖非

鄭白渠每歲望東京玉八璺儻不孫來茲驗微誠

齋中讀書

昔余游京華未嘗廢丘壑矧乃歸山川心跡雙寂寞虛館絶諍訟空庭來鳥雀卧疾豐暇豫翰墨時間作懷抱觀古今寢食展戲謔既笑沮溺苦又哂子雲閣執戟亦以疲耕稼豈云樂萬事難並歡達生幸可託

命學士講詩

卧病同淮陽宰邑曠武城弦歌愧言子清淨謝

伏生古人不可攀何以報恩榮時往歲易周聿來政無成曾是展寸心招學講羣經鑠金旣云刓凝土亦能型望爾志尚隆遠嗣竹箭聲敢謂荀氏訓且布一作有蘭陵情待罪豈久期禮樂俟賢明

種桑詩

詩人陳條柯亦有美攘剔前脩爲誰故後事資紡績常佩知方誡愧微富教益浮陽鶩嘉月藝桑迨閑隙疎欄發近郛長行達廣場曠流始毖

謝康樂集卷之五

宋陳郡謝靈運客兒著
明閩漳張　燮紹和纂

詩

初去郡

彭薛裁知恥貢公未遺榮或可優貪競豈足稱
達生伊余秉微尚拙訥謝浮名廬園當棲巖卑
位代躬耕顧已雖自許心迹猶未并無庸方選作
妨周任有疾像長卿畢娶類尚子薄遊似邴生

恭承古人意促五臣作㑄裝返柴荆牽絲及元興解
龜在景平負心二十載於今廢將迎理棹遄還
期遵渚騖脩坰遡溪終水涉登嶺始山行野曠
沙岸淨天高秋月明憩石挹飛泉攀林搴落英
戰勝臞者肥鑒止流歸停即是羲唐化獲我擊
壤情一作聲

田南樹園激流植援

樵隱俱在山由來事不同不同非一事養痾亦
園中中園一作園中屏氛雜清曠招遠風土室倚北

阜啓扉面南江激澗代汲井插槿當列墉羣木
旣羅戶衆山亦當窓善作對靡迤趨下田五臣作岫迢
遞瞰高峯寡欲不期勞卽事罕人工唯開蔣生
逕永懷求羊蹤賞心不可忘妙善冀能同

石壁精舍還湖中作

昏旦變氣候山水含清暉清暉能娛人游子憺
忘歸出谷日尚早入舟陽已微林壑斂暝色雲
霞收夕霏芰荷迭映蔚蒲稗相因依披拂趨南
逕愉悅偃東扉慮澹物自輕意愜理無違寄言

攝生客試用此道推

登石門最高頂

晨策尋絕壁夕息在山棲疏峯抗高館對嶺臨迴溪長林羅戶穴（一作庭）積石擁階基連巖覺路塞密竹使徑迷來人忘新術去子惑故蹊活活夕流駛噭噭夜猿啼沈冥豈別理守道自不攜心契九秋榦目翫三春荑居常以待終處順故安排惜無同懷客共登青雲梯

石門新營所住四面高山迴溪石瀨茂林

脩竹

躋險築幽居披雲臥石門苔滑誰能步葛弱豈可捫嫋嫋秋風過萋萋春草繁美人遊不還佳期何由敦芳塵凝瑤席清醑滿金尊洞庭空波瀾桂枝徒攀翻結念屬霄漢孤景莫與諼俯濯石下潭仰看條上猿早聞夕飆急晚見朝日暾崖傾光難留林深響易奔感往慮有復理來情無存庶持乘日車選作日用得以慰營魂匪爲衆人說冀與智者論

於南山往北山經湖中瞻眺

朝旦發陽崖景落憩陰峯舍舟眺迴渚停策倚茂松側逕既窈窕環洲亦玲瓏俛視喬木杪仰聆大壑淙石横水分流林密蹊絶蹤解作竟何感升長皆丰容初篁苞緑籜新蒲含紫茸海鷗戲春岸天鷄弄和風撫化心無厭覽物眷彌重不惜去人遠但恨莫與同孤遊非情歎賞廢理誰通

從斤竹澗越嶺溪行

猿鳴誠知曙，谷幽光未顯。巖下雲方合，花上露猶泫。逶迤傍隈隩，迢遞陟陘峴。過澗既厲急，登棧亦陵緬。川渚屢逕復，乘流翫迴轉。蘋萍泛沈深，菰蒲冒清淺。企石挹飛泉，攀林摘葉卷。想見山阿人，薜蘿若在眼。握蘭勤徒結，折麻心莫展。情用賞爲美，事昧竟誰辨。觀此遺物慮，一悟得所遣。

過白岸亭

拂衣遵沙垣，緩步入蓬屋。近澗涓密石，遠山映

踈木空翠難强名漁釣易爲曲援蘿聆青崖春
心自相屬交交止栩黃呦呦食苹鹿傷彼人百
哀嘉爾承筐樂榮悴迭去來窮通成休慼未若
長踈散萬事恒抱朴

夜宿石門

朝搴苑中蘭畏彼霜下歇瞑還雲際宿弄此石
上月鳥鳴識夜棲木落知風發異音同至聽殊
響俱清越妙物莫爲賞芳醑誰與伐美人竟不
來陽阿徒晞髮

南樓中望所遲客

杳杳日西頹漫漫長路迫登樓爲誰思臨江遲來客與我別所期期在三五夕圓景早已滿佳人殊五臣作猶未適即事怨睽攜感物方悽慼孟夏非長夜晦明如歲隔瑤華未堪折蘭苕已屢摘路阻莫贈問云何慰離析搔首訪行人引領冀良覿

廬陵王墓下作

曉月發雲陽落日次朱方含悽泛廣川灑淚眺

連岡眷言懷君子沈痛切中腸道消結憤懣運開申悲涼神期恒若存德音初不忘徂謝易永久松柏森已行延州協心許楚老惜蘭芳解劍竟何及撫墳徒自傷平生疑若人通蔽互相妨理感心情慟定非識所將脆促良可哀夭枉特兼常一隨往化滅安用空名揚舉聲泣已漣長歎不成章

還舊園作見顏范二中書

辭滿豈多秩謝病不待年偶與張邴合久欲還

東山聖靈昔廻眷微尚不及宣何意衝飈激烈
火縱炎煙焚玉發崑峯餘燎遂見遷投沙理既
迫如卭願亦愆長與歡愛別永絕平生緣浮舟
千仞壑總轡萬尋巔流沫不足險石林豈爲艱
閩中安可處日夜念歸旋事躓兩如直心愜三
避賢託身青雲上棲巖挹飛泉盛明盪氛昏貞
休康屯邅殊方感成貸微物豫采甄感深操不
固質弱易扳纏曾是反昔園語往實款然曩基
即先築故池不更穿果木有舊行壞石無遠延

雖非休憩地聊取永日閒衛生自有經息陰謝
所牽夫子照清素探懷授往篇

顏延之和謝監靈運附

弱植慕端操窘步懼先迷寡立非擇方刻意
藉窮棲伊昔遘多幸秉筆侍兩閨雖慙丹雘
施未謂玄素睽徒遭良時詖王道奄昏霾人
神幽明絶朋好雲雨乖弔屈汀洲浦謁帝蒼
山蹊倚巖聽緒風攀林結留荑跂予間衡嶠
曷月瞻秦稽皇聖昭天德豐澤振沈泥惜無

雀雉化何用充海淮去國還故里幽門樹蓬
藜采茨葺昔宇翦棘開舊畦物謝時既晏年
往志不偕親仁敷情昵與玩究辭悽芬馥歇
蘭若清越奪琳珪盡言非報章聊用布所懷

酬從弟惠連 五章

寢瘵謝人徒滅迹入雲峯巖壑寓耳目歡愛隔
音容永絶賞心望長懷莫與同末路值令弟開
顔披心胸

心胸既云披意得咸在斯凌澗尋我室散帙問

所知夕慮曉月流朝忌曛日馳悟對無厭歡聚散成分離

分離別西川廻景歸東山別時悲已甚別後情更延傾想遲嘉音果枉濟江篇辛勤風波事款曲洲渚言

洲渚既淹時風波子行遲務協華京想詎存空谷期猶復惠來章祇足攬余思儻若果歸言共陶暮春時

暮春雖未交仲春善遊遨山桃發紅萼野蕨漸

紫葩嚶鳴已悅豫幽居猶鬱陶夢寐佇歸舟釋
我吝與勞

惠連西陵遇風獻康樂五章附

我行指孟春春仲尚未發趣途遠有期念離
情無歇成裝候良辰漾舟陶嘉月瞻途意少
悰還顧情多闕

哲兄感仳別相送越坰林飲餞野亭館分袂
澄湖陰悽悽畱子言眷眷浮客心迴塘隱艫
栧遠望絕形音

靡靡即長路戚戚抱遙悲悲遙但自弭路長
當語誰行行道轉遠去去情彌遲昨發浦陽
汭今宿浙江湄
屯雲蔽曾嶺驚風湧飛流零雨潤墳澤落雪
灑林丘浮氛晦崖巘積素惑原疇曲汜薄停
旅通川絶行舟
臨津不得濟佇楫阻風波蕭條洲渚際氣色
少諧和西瞻興游歎東睇起悽歌積憤成疢
痗無萱將如何

登臨海嶠初發疆中作與從弟惠連可見羊何共和之 四章

杪秋臨遠山山遠行不近與子別山阿含酸赴脩畛中流袂就判欲去情不忍顧望脰未悁汀曲舟已隱

隱汀絶望舟騖棹逐一作遙驚流欲抑一生歡弁奔千里遊日落當棲薄繫纜臨江樓豈惟夕情歛憶爾共淹畱

淹畱昔時歡復增今日歎茲情已分慮況乃協

悲端秋泉鳴北澗哀猿響南巒戚戚新別心悽
悽久念攢
攢念攻別心旦發清溪陰暝投剡中宿明登天
姥岑高高入雲霓還期那可尋儻遇浮丘公長
絕子徽音

初發石首城

白圭尚可磨斯言易爲緇雖抱中孚爻猶勞貝
錦詩寸心若不亮微命察如絲日月垂光景成
貸遂兼茲出宿薄京畿晨裝摶曾颸重經平生

別再與朋知辭故山日已遠風波豈還時迢迢
萬里帆茫茫終何之遊當羅浮行息必廬霍期
越海陵三山遊湘歷九嶷欽聖若旦暮懷賢亦
悽其皎皎明發心不爲歲寒欺

入東道路詩

整駕辭金門命旅惟詰朝懷居顧歸雲指塗泝
行飈屬值清明節榮華感和韶陵隰繁綠杞墟
囿粲紅桃鷕鷕翬方雊纖纖麥垂苗隱軫邑里
密緬邈江海遼滿目皆古事心賞貴所高魯連

謝千金延州權去朝行路旣經見顧言寄吟謠

道路憶山中

采菱調易急江南歌不緩楚人心昔絕越客腸今斷斷絕雖殊念俱爲歸慮款存鄉爾思積憶山我憤懣追尋棲息時偃卧任縱誕得性非外求自已爲誰纂不怨秋夕長常一作恒苦夏日短濯流激浮湍息陰倚密竿懷故叵新歡含悲忘春暖悽悽明月吹惻惻廣陵散殷勤訴危柱慷慨命促管

入彭蠡湖口

客遊倦水宿，風潮難具論。洲島驟迴合，圻岸屢崩奔。乘月聽哀狖，浥露馥芳蓀。春晚綠野秀，巖高白雲屯。千念集日夜，萬感盈朝昏。攀崖照石鏡，牽葉入松門。三江事多往，九派理空存。靈物吝珍怪，異人秘精魂。金膏滅明光，水碧綴五臣作輟流溫。徒作千里曲，絃絕念彌敦。

入華子岡是麻源第三谷

南州實炎德，桂樹陵寒山。銅陵映碧澗，石磴瀉紅泉既枉隱淪客亦棲肥遁賢險經無測度天路非術阡遂登羣峰首邈若升藝文類聚作騰雲煙羽人絶髣髴丹丘徒空筌圖牒復磨滅碑版誰聞傳莫辨百代後安知千載前且申獨往意乘月弄潺湲恒充俄頃用豈爲古今然

發歸瀨三瀑布望兩溪

我行乘日垂放舟候月圓沫江免風濤涉清弄漪漣積石竦兩溪飛泉倒三山亦既窮登陟荒藹横目前窺巖不覿景披林豈見天陽烏尚傾

翰幽篁未爲邅退尋平常時安知巢穴難風雨非攸悋擁志誰與宣倘有同枝條此日即千年

初往新安桐廬口

絺綌雖淒其授衣尚未至感節良已深懷古亦云一作徒役思不有千里棹孰申百代意遠協尚子心遙得許生計既及冷風善又即秋水駛江山共開一作閒曠雲日相照媚景夕羣物清對玩咸可憙

擬魏太子鄴中集詩八首并序

魏太子

建安末余時在鄴宮朝遊夕讌究歡愉之極天下良辰美景賞心樂事四者難并今昆弟友朋二三諸彦共盡之矣古來此娛書籍未見何者楚襄王時有宋玉唐景梁孝王時有鄒枚嚴馬遊者美矣而其主不文漢武帝徐樂諸才備應對之能而雄猜多忌豈獲晤言之適不誣方將庶必賢於今日爾歲月如流零落將盡撰文懷人感往增愴其辭曰

百川赴巨海，衆星環北辰。照灼爛霄漢，遥裔起長津。天地中横潰，家王（五臣作皇）拯生民。區宇既蕩滌，羣英必來臻。忝此欽賢性，繇來常懷仁。況値衆君子，傾心隆日新。論物靡浮説，析理實敷陳。羅纓登闕辭，窈窕究天人。澄觴滿金罍，連榻設華茵。急絃動飛聽，清歌拂梁塵。莫（善作何）言相遇易，此歡信可珍。

王粲

家本秦川，貴公子孫，遭亂流寓，自傷情多。

幽厲昔崩亂桓靈今板蕩伊洛既燎煙函崤没
無像五臣作象整裝辭秦川秣馬赴楚壤沮漳自可
美客心非外奬常歎詩人言式微何繇往上宰
奉皇靈侯伯咸宗長雲騎亂漢南宛善作紀郢皆
掃盪排霧屬盛明披雲對清朗慶泰欲重疊公
子特先賞不謂息肩願一旦值明兩竝載遊鄴
京方舟沆河廣綢繆清讌娛寂寥梁棟響既作
長夜飲豈顧乗日養

陳琳

袁本初書記之士故述喪亂事多

皇漢逢迍邅天下遭昏墊董氏淪關西袁家擁河北單民五臣作人易周章窘身就羈勒豈意事乖已永懷戀故國相公實勤王信能定蝥賊復覩東都輝重見漢朝則餘生幸已多矧迺值明德愛客不告疲飲讌遺景刻夜聽極星爛五臣作闌朝遊窮曛黑哀哇動梁埃急觴盪幽默且盡一日娛莫知古來感

徐幹

少無宦情有箕潁之心事故仕世多素辭

伊昔家臨淄提攜弄齊瑟置酒飲膠東淹留憩
高密此歡謂可終外物始難畢搖蕩箕濮情窮
年迫憂慄末塗幸休明棲集建薄質已免負薪
苦仍遊椒蘭室清論事究萬美話信非一行觴
奏悲歌永夜繫五臣作繼白日華屋非蓬居時髦豈
余匹中飲顧昔心悵焉若有失

劉楨

卓犖偏人而文最有氣所得頗經奇

貧居晏里閈少小長東平河兗當衝要淪飄薄
許京廣川無逆流招納厠羣英北渡黎陽津南
登宛善作紀郢城既覽古今事頗識治亂情歡友
相解達敷奏究平生刻荷明哲顧知深覺命輕
朝遊牛羊下暮坐括揭鳴終歲非一日傳巵弄
清聲辰事既難諧歡願如今并唯羨肅肅翰繽
紛戾高冥

應瑒

汝潁之士流離故頗有飄薄之歎

嗷嗷雲中鴈，舉翮自委羽。求涼弱水湄，違寒長沙渚。顧我梁（五臣作涼）川時，緩步集潁許。一旦逢世難，淪薄恒羈旅。天下昔未定，託身早得所。官渡厠一卒，烏林預艱阻。晚節値衆賢，會同庇天宇。列坐廕華榱，金樽盈清醑。始奏延露曲，繼以闌夕語。調笑輒酬荅，嘲謔無慙沮。傾軀無遺慮，在心良已敘。

阮瑀

管書記之任，故有優渥之言

河洲多沙塵風悲黃雲起金羈相馳逐聯翩何窮已慶雲惠優渥微薄攀多士念昔渤海時南皮戲清沚今復河曲遊鳴葭汎蘭汜躧步陵丹梯並坐侍君子妍談旣愉心哀音（一作弄）信睦耳傾酤係芳醑酌言豈終始自從食蓱來唯見今日美

平原侯植

公子不及世事但美遨遊然頗有憂生之嗟

朝遊登鳳閣日暮集華沼傾柯引弱枝攀條摘

蕙草徒倚窮騁望目極盡所討西顧太行山北眺邯鄲道平衢脩且直白楊信褭褭副君命飲宴歡娛寫懷抱良遊匪晝夜豈云晚與早衆賓悉精妙清辭灑蘭藻（五臣作蘭蒲）哀音下迴鵠餘哇徹清昊中山不知醉飲德方覺飽願以黄髮期養生念將老

石壁立招提精舍

四城有頓躓三世無極已浮歡昧眼前沈照貫終始壯齡緩前期頽年迫暮齒揮霍夢幻頃飄

忽風雹起良緣迨未謝時逝不可俟敬擬靈鷲山尚想祇洹軌絶溜飛庭前高林映窻裏禪室棲空觀講宇析妙理

過瞿溪山僧

迎旭凌絶嶝映泫歸溆浦鑽燧斷山木掩岸墐石戶結架非丹甍藉田資宿莽同遊息心客曖然若可覩清霄颺浮煙空林響法鼓忘懷狎鷗鯈攝生馴兕虎望嶺眷靈鷲延心念淨土若乘四等觀永拔三界苦

七夕詠牛女

火逝首秋節新明弦月夕月弦光照戶秋首風入隙凌峰步曾崖憑雲肆遙脈徙倚西北庭竦踊東南覿紈綺無報章河漢有駿軛

彭城宮中直感歲暮

草草眷徂物契契矜歲殫楚艶起行戚吳趨絶歸懽修帯緩舊裳素鬢改朱顔晚暮悲獨坐鳴䳈歇春蘭

歲暮

殷憂不能寐苦此夜難頹明月照積雪朔風勁初學作清且哀運往無淹物年逝覺已藝文作易催

作離合

古人怨信次十日眇未央加我懷繾綣口脉情亦傷劇哉歸遊客處子勿相忘別字

登廬山絕頂望諸嶠

積峽忽復啓平塗俄已閉巒隴有合沓往來無蹤轍晝夜蔽日月冬夏共霜雪

夜發石關亭

隨山踰千里浮溪將十夕鳥歸息舟楫星闌命
行役亭亭曉月映泠泠朝露滴

答惠連

懷人行千里我勞盈十旬別時花灼灼別後葉
蓁蓁

初發入南城

弄波不輟手玩景豈停目雖未登雲峰且以歡
水宿

東陽溪中贈答二首

可憐誰家婦緣流洒一作洗素足明月在雲間迢迢不可得

可憐誰家郎緣流乘素舸但問情若為月就雲中墮又按栝蒼志曰謝靈運入沐鶴鄉有二女浣紗嘲以詩曰我是謝康樂一箭射雙鶴試問浣紗娘箭從何處落二女不顧又嘲之曰浣紗誰氏女香汗濕新雨對人默無言何事甘辛苦既而二女答曰我是溪中鯽暫出溪頭食食罷又還潭雲蹤何處覓忽不見按此事頗與東陽贈答相類而詩似不出靈運筆恐屬附會聊載于此

送雷次宗

符守瑞邊楚感念悽城壕志苦離思結情傷日

月滔

大林峯

積峽忽有起平途俄已絶巒龍有合沓往來無蹤轍

枏溪詩

澹瀲結寒波檀欒秀霜質洞合水屢迷林迴巖愈密

泉山詩

淸旦索幽異方舟越坰郊石室穿林陬飛泉發

樹梢

自敘

韓亡子房奮秦帝曾連耻本自江海人忠義感

君子

臨終詩

龔勝無餘生李業有終盡嵇公理旣迫霍生命

亦殞慺慺後一作凌霜栢納納衝風菌邂逅竟無時一作幾何脩短非所愍恨我君子志不得巖下泯送心正覺前斯痛久已忍唯願乘來生怨親同心朕

謝康樂集卷之六

宋陳郡謝靈運客兒著

明閩漳張　燮紹和纂

表

勸伐河北表

自中原喪亂百有餘年流離寇戎湮沒殊類先帝聰明神武哀濟羣生將欲盪定趙魏大同文軌使久凋反於正化偏俗歸於華風運謝事乖理違願絶仰德抱悲恨存生盡況陵塋未幾凶

虜何隙預在有識誰不憤歎而景平執事並非其才且遘紛京師豈慮託付遂使孤城窮陷莫肯極忠烈因朔漠縣河三千翻爲寇有晚遺鎮戍皆先朝之所開拓一旦淪亡此國恥宜雪被於近事者也又非境自染逆虜窮苦備罹徵調賦斂靡有止已所求不獲輒致誅殞身禍家破闔門比屋此亦仁者所爲傷心者也咸云西虜舍末遠師隴外東虜乘虛呼可掩襲西軍既反得據關中長圍咸陽還路已絶雖遣救援停住

河東遂乃遠討大城欲爲首尾而西寇深山重阻根本自固徒棄巢窟未足相拯師老於外國虛於內時來之會莫復過此觀兵耀威實在茲日若相持未已或生事變忽值新起之衆則異於今苟乖其時難爲經略雖兵食倍多則萬全無必矣又歷觀前代類以兼弱爲本古今聖德未之或殊豈不以天時人事理數相得興亡之度定期居然故古人云既見天殃又見人災乃可以謀昔魏氏之强平定荊冀乃乘袁劉之弱

晉世之盛拓開吴蜀亦因葛陸之衰此皆前世成事著於史策者也自羌平之後天下亦謂虜當俱滅長驅滑臺席卷下城奪氣喪魄指日就盡但長安違律潼關失守用緩天誅假延歲月日來至今十有二載是謂一紀曩有前言况五胡代數齊世虜期餘命盡於來年自相攻伐兩取其困卞莊之形驗之今役仰望聖澤有若渴饑注心南雲爲日已久來蘇之冀實歸聖明此而弗乘後則未兆即日府藏誠無兼儲然凡造

大事待國富兵强不必乘會於我爲易貴在得時器械既充衆力粗足方於前後乃當有優常議損益久證冀州口數百萬有餘田賦之沃著自貢典先才經創基趾猶存澄流引源桑麻蔽野强富之實昭然可知爲國長久之計孰若一任之費邪或懲關西之敗而謂河北難守二境形勢表裏不同關西雜居種類不一昔在前漢屯軍霸上通火甘泉況乃遠戍之軍値新故交代之際者乎河北悉是舊户差無雜人連嶺判

阻三關作隘若遊騎長驅則沙漠風靡若嚴兵守塞則冀方山固昔隴西傷破鼂錯興言匈奴慢侮賈誼憤歎方於今日皆爲賒矣晉武中主耳値孫皓虐亂天祚其德亦由鉅平奉策荀賈折謀故能業崇當年區宇一統況今陛下聰明聖哲天下歸仁文德與武功並震霜威共素風俱舉協以宰輔賢明諸王美令岳牧宣烈虎臣盈朝而天或違命亦同敵不滅剗伊頑虜假日而已哉伏惟深機志務久定神謨臣卑賤側生

竊景巖穴實仰希太平之道傾覩岱宗之封禪之相如之筆庶免史談之憤以此謝病京師萬無恨矣久欲上陳懼在觸罝蒙賜恩假暫違禁省消渴十年常慮朝露抱此愚志昧死以聞

謝封康樂侯表

昔強氏暴虐，恃僭歷紀，既噬五都，志吞六合，遂陷没西河，傾覆南漢，凌藉紀郢，跨越淮泗。于時策畫惟疑，地險已謝，威恩君臣同泯，有生無餘。亡祖奉國威靈，董符戎重，盡心所事，克黜禍亂，功參盤鼎，胙土南服。逮至臣身，值遭泰路，日月改暉，榮落代運，輸稅唐化，生幸無已。不悟天道下濟，鴻均曲成，迺眷遐績，式是輿徵，分虎紐龜，復顯茅土，鳴玉拖紱，班景元勛，澤洽往德，恩覃

末胤忝惟先蹤遠感崩結豈臣尫弱所當忝承
臣聞至公無私甄善則一皇恩遠被殘代可倖
是以信陵之賢簡在高祖之心望諸之道復獲
隆漢之封觀史歎古欽茲盛美豈謂榮渥近霑
微躬傾宗殞元心識其會酬恩答厚罔知所由

詣闕上表

臣自抱疾歸山于今三載居非郊郭事乖人間幽棲窮巖外緣兩絶守分養命庶畢餘年忽以去月二十八日得會稽太守臣顗二十七日疏云比日異論噂嗒此雖相了百姓不許寂黙今微爲其防披疏駭惋不解所由便星言奔馳歸骨陛下及經山陰防衛彰赫彭排馬槍斷截衢巷偵邏縱横戈甲竟道不知微臣罪爲何事及見顗雖曰見亮而裝防如此唯有罔懼臣昔忝

近侍豫蒙天恩若其罪迹炳明文字有證非但顯戮司敗以正國典普天之下自無容身之地今虛聲爲罪何酷如之夫自古讒謗聖賢不免然致謗之來要有由趣或輕死重氣結黨聚羣或勇冠鄉邦劒客馳逐未聞俎豆之學欲爲逆節之罪山棲之士而構陵上之釁今影迹無端假謗空設終古之酷未之或有匪忝其生實悲其痛誠復内省不疚而抱理莫申是以牽曳疾病束骸歸款仰憑陛下天鑒曲臨則死之日猶

生之年也臣憂怖彌日羸疾發動尸存恍惚不知所陳

牋

與廬陵王牋

會境既豐山水是以江左嘉遁竝多居之但季世慕榮幽棲者寡或復才爲時求弗獲從志至若王弘之拂衣歸耕踰歷三紀孔淳之隱約窮岫自始迄今阮萬齡辭事就閑纂成先業浙河之外棲遲山澤如斯而已既遠同羲唐亦激貪厲競殿下愛素好古常若布衣每意昔聞虛想巖穴若遣一介有以相存眞可謂千載盛美也

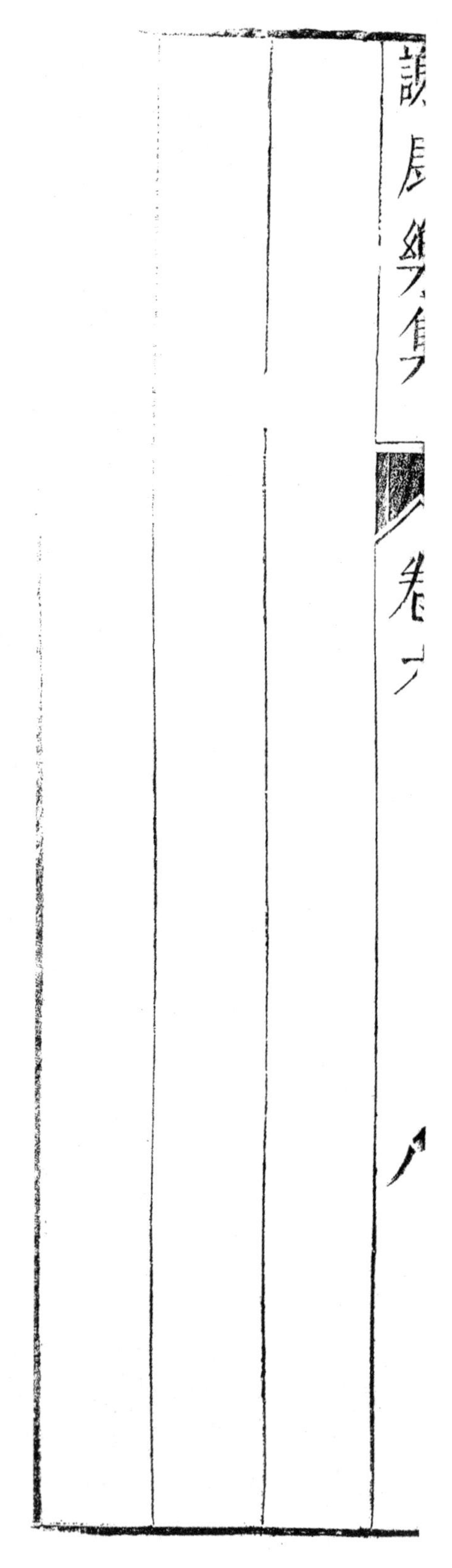

書

答范光祿書

辱告慰企晚寒體中勝常靈運脚諸疾比春更甚憂慮故人有情信如來告企詠之結實成饑渴山澗幽阻音塵潤絶忽見諸讚歎慰良多可謂俗外之詠尋覽三復味翫增懷輒奉和如別雖辭不足覩然意寄盡此從弟惠連後進文悟衰宗之美亦有一首并以遠呈

又

承祇洹法業日茂隨喜何極六梁徽緣竊望不絶卽時經始招提在所住山南南檐臨澗北户背巖以此息心當無所忝邪平生緬然臨紙累歎敬惜爲先繼以音告儻值行李輒復承問二月一日謝靈運白答

范泰與謝康樂書二首附

泰暮年事佛甚精於宅西立祇洹精舍又爲佛讚以書示靈運靈運答書鼎和其讚

卿常何如歷觀高士類多有情吾亦許卿以

同何緬邈之迴便是未孤了幽闕也吾猶存舊情東望慨然便是有不馳處也見熾公阡陌如卿問棲僧於山誠是美事屢改縣遷未爲快也杖策之郡斯則善也祇洹中轉有奇趣福業深緣森兮滿目見形者所不能傳聞言而悟亦難其人辭煩而已於此絶筆范泰

敬謂

祇洹塔内讚因熾公相示可以留意省之弁同子與人歌而善

答王衛軍問辨宗論書

靈運白：一悟理質以經誥，可謂俗文之談。然書不盡意，亦前世格言。幽僻無事，聊與同行道人共求其衷。猥辱高難，詞微理析，莫不精究。尋覽彌日，欣若暫對。輒復更伸前論，雖不辨酬釋來問，且以示懷耳。海嶠岨迥，披示無期，臨白增懷，眷歎良深。謝靈運再拜。

王弘與謝永嘉問辨宗論書附

弘白：一悟之談，常謂有心，但未有以析中異同之辨故難於曆言耳尋覽來論所釋良多然猶有未好解處試條如上爲呼可容此疑不既欲使彼我意盡覽者冷然後對無兆兼當造滕執筆增懷眞不可言王弘敬謂

王弘重答謝永嘉書附

更尋前答起悟亦不知所以爲異正當爾耳已送示生公此間道人故有小小不同小涼當共向盡脫有曆言更自面寫未由寄之於此所懷猶多

竺道生答王衛軍商辨宗論書附

究尋謝永嘉論都無間然有同似若妙善不能不以爲欣檀越難旨甚要切想尋必佳通耳且聊試略取論意以伸欣悦之懷以爲苟若不知焉能有信然則由教而信非不知也但資彼之知理在我表資彼可以至我庸得無功於日進未是我知何由有分於入照豈不以見理於外非復全昧知不自中未爲能照耶

謝康樂集　卷六　十二

與弟書

聞惡溪道中九十九里有五十九灘王右軍遊此惡道歎其奇絶遂書突星瀨於石

答弟書

前月十二日至永嘉郡蠣不如鄞縣東蠻亦不如北海

答綱琳二法師書

披覽雙難欣若暫對藻豐論博蔚然滿目可謂勝人之口然未厭於心聊伸前意無由言對執筆長懷謝靈運和南

謝康樂集　卷六

十四

謝康樂集卷之七

宋陳郡謝靈運客兒著
明閩漳張　燮紹和纂

志

遊名山志

夫衣食人生之所資山水性分之所適今滯所資之累擁其所適之性耳俗議多云歡足本在華堂枕嵒漱流者乏於大志故保其枯槁余謂不然君子有愛物之情有救物之能橫流之弊

非才不治故時有屈己以濟彼豈以名利之場賢於清曠之域耶語萬乘則鼎湖有縱轡論儲貳則嵩山有絶控又陶朱高揖越相留侯願辭漢傳推此而言可以明矣

破石溪南二百餘里又有石帆修廣與破石等度質色亦同傳云古有人以破石之半爲石帆故名彼爲石帆此名破石

永寧安固二縣中路東南便是赤石又枕海巫湖三面悉高山枕水渚山溪澗凡有五處南第

一谷今在所謂石壁精舍
石門澗六處石門遡水上入兩山口兩邊石壁
右邊石巖下臨澗水
神子溪南山與七里山分流去斤竹澗數里
華子岡麻山第三谷故老相傳華子期者祿里
先生弟子翔集此頂故華子爲稱也
桂林頂遠則嵊尖彊中
從臨江樓步路南上二里餘左望湖中右傍長
江

始寧又北轉一汀十里直指舍下園南門樓自南樓百步許對横山

論

辨宗論 問荅附

同遊諸道人並業心神道求解言外余枕疾務寡頗多暇日聊申由來之意庶定求宗之悟釋氏之論聖道雖遠積學能至累盡鑒生不應漸悟孔氏之論聖道既妙雖顔殆庶體無鑒周理歸一極有新論道士以為寂鑒微妙不容階級積學無限何為自絕今去釋氏之漸悟而取其能至去孔氏之殆庶而取其一極一極異漸悟

能至非殆庶故理之所去雖合各取然其離孔釋矣余謂二談救物之言道家之唱得意之說敢以折中自許竊謂新論爲然聊荅下意遲有所悟

法勗問敬覽清論明宗極雖微而一悟頓了雖欣新剖竊有所疑夫明達者以體理絕欲悠悠者以迷惑嬰累絕欲本乎見理嬰累由於乖宗何以言之經云新學者離般若便如失明者無導是爲懷理蕩患於茲顯矣若涉

求未漸於大宗希仰猶累於塵垢則永劫勤勞期果緬邈既懷猶豫伏遲嘉訓

初答道與俗反理不相關故因權以通之權雖是假旨在非假智雖是真能爲非真非真不傷真本在於濟物非假不遂假濟物則反本如此之劫無爲空勤期果有如皎日

曷再問案論孔釋其道既同救物之假亦不容異而神道之域雖顏也孔子所不誨實相之妙雖愚也釋氏所必敎然則二聖建言何

乖背之甚哉

再答二教不同者隨方應物所化地異也大而校之華民易於見理難於受教故閉其累學而開其一極夷人易於受教難於見理故閉其頓了而開其漸悟漸悟雖可至昧頓了之實一極雖知寄絕累學之冀由華人悟理無漸而誣道無學夷人悟理有學而誣道有漸是故權實雖同其用各異昔向子期以儒道爲壹應吉甫謂孔老可齊皆欲窺宗而況眞實者乎

勗三問重尋答以華夷有險易之性故二聖敷異同之教重方附俗可謂美矣然淵極朗鑒作則於上愚民蒙昧伏從於下故作則宜審其政伏從必是其宗令孔廢聖學之路而釋開漸悟之逕筌蹄既已紛錯群黎何由歸眞

三答冬夏異性資春秋爲始末晝夜殊用緣昏暮以往復況至精之理豈可逕接至粗之人是故傍漸悟者所以密造頓解倚孔教者所以潛

成學聖學聖不出六經六經而得頓解不見三藏而以三藏果筌蹄歷然何疑紛錯魚兎既獲羣黎以濟

僧維問承新論法師以宗極微妙不容階級使夫學者窮有之極自然之無有若符契何須言無也若資無以盡有者焉得不謂之漸悟耶

初答夫累既未盡無不可得盡累之弊始可得無耳累盡則無誡如符契將除其累要須傍教

在有之時學而非悟悟在有表託學以至但階級敎愚之談一悟得意之論矣

維再問論云悟在有表得不以漸使夫涉學希宗當日進其明不若使明不日進與不言同若日進其明者得非漸悟乎

再荅夫明非漸至信由敎發何以言之由敎而信則有日進之功非漸所明則無入照之分然向道善心起損累出垢伏伏似無同善似惡乖此所務不俱非心本無累至夫一悟萬滯同盡

耳

維三問荅云由教而信則有日進之功非漸所明則無入照之分夫尊教而推宗者雖不永用當推之時豈可不蹔令無耶若許其蹔合猶自賢於不合非漸如何

三荅蹔者假也真者常也假知無常常知無假今豈可以假知之蹔而侵常知之真哉今蹔合賢於不合誠如來言竊有微證巫臣諫莊王之言物賒於己故理為情先及納夏姬之時己交

於物故情居理上情理雲互物己相傾亦中智之率任也若以諫日爲悟豈容納時之惑耶且南爲聖也北爲愚也背北向南非停北之謂向南背北非至南之稱然向南可以至南背北非是停北非是停北故愚可去矣可以至南故悟可得矣

慧驎演僧維問當假知之壹合與眞知同異

初答與眞知異

驎再問以何爲異

再荅假知者累伏故理暫爲用用暫在理不恒其知眞知者照寂故理常爲用用常在理故永爲眞知

驎三問累不自除故求理以除累今假知之一合理實在心在心而累不去將何以去之乎

三荅累起因心心觸成累累恒觸者心日昬敎爲用者心日伏伏累彌久至於滅累然滅之時在累伏之後也伏累滅累貌同實異不可不察

滅累之體物我同忘有無壹觀伏累之狀他已異情空實殊見殊實空異已他者入於滯矣壹無有同我物者出於照也

隣維問三世長於百年三千廣於赤縣四部多於戶口七寶妙於石沙此亦方有小大故化有遠近得不謂之然乎

初荅事理不同恒成四端自有小大各得其宜亦有賢愚違方而處所謂世同時異物是人非譬割雞之政亦有牛刀佩璽而聽豈皆唐虞今

謂言游體盡於武城長世皆覃於天下未之聞也且俱稱妙覺而國土精粗不可以精粗國土而言聖有優劣景迹之應本非所徵矣

維再問論曰或道廣而事狹或事是而人非令不可以事之大小而格道之粗妙誠哉斯言但所疑不在此耳設令周孔實未盡極以之應世故自居宗此自是世去聖遠未足明極夫降妙數階以接群粗則粗者所不測然數階之妙非極妙之謂推此而言撫世者於

粗爲妙然於妙猶粗粗矣以妙求粗則無往不盡以粗求妙則莫覩其源無往不盡故謂之窮理莫覩其源故仰之彌高今豈可就顏氏所崇而同之極妙耶

再荅今不藉顏所推而謂之爲極但謂顏爲庶幾則孔知幾矣且許禹昌言孔非本談以堯則天體無是同同體至極豈計有之小大耶

維三問凡世人所不測而又昌言者皆可以爲聖耶

三荅夫昌言賢者倘許其賢昌言聖者豈得反非聖耶日用不知百姓之迷蒙唯佛究盡實相之崇高今欲以崇高之相而令迷蒙所知未之有也苟所不知焉得不以昌言爲信既以釋昌爲是何以孔昌爲非耶

法綱問云敬披高論探研宗極妙判權實存旨儒道遺教孔釋昌言折中允然新論可謂激流導源瑩拂發暉矣詳復荅勗維之問或謂因權以通或學而非悟爾爲玄句徒設無

關於胸情焉竊所未安何以言之夫道形天隔幾二險絶學不漸宗會無髣髴髣髴有端思不出位神崖曷由而登機峯何從而超哉若勤務於有而坐體於無者譬猶揮毫鍾張之則功侔羿養之能不然明矣蓋同有非甚礙尚不可以翫此而善彼豈況乎有無之至背而反得以相通者耶又云累既未盡無不可得盡累之弊始可得無耳論曰夫膏肓大道摧轉玄路畢莫尚於封有之累也蓋有不能

祛有祛有者必無未有先盡有累然後得無也就如所言累盡則無爾爲累之自去實不無待實不無待則不能不無故無無貴矣如彼重闇自滌無假火日無假火日則不能不設亦明無尙焉落等級而奇頓悟將於是乎躓矣暇任之餘幸思嘉釋

來難云同有非甚礙尙不可以翫此而善彼豈況乎有無之至背而反得以相通者耶此是拘於所習以生此疑耳夫專翫筆札者自可不工

於弧矢弧矢既工復翫筆札者何爲不兼哉若
封有而不向宗自是封者之失造無而去滯何
爲不可得背借不兼之有以詰能兼之無非惟
鍾胡愧射於更李羿養慙書於羅趙觸類之躓
始克巧歷之歎今請循其本夫憑無以伏有伏
久則有忘伏時不能知知則不復辨是以坐忘
日損之談近出老莊數緣而滅經有舊說如此
豈累之自去實無之所濟且明爲晦新功在火
日但火日不稱功於幽闇般若不言惠於愚蠢

耳推此而徃詎俟多云

慧琳問云三復精議辨儘二家斟酌儒道實有懷於論矣至於去釋漸悟遺孔殆庶蒙竊惑焉釋云有漸故是自形者有漸孔之無漸亦是自道者無漸何以知其然耶中人可以語上久習可以移性孔氏之訓也一合於道場非十地之所階釋家之唱也如此漸絶文論二聖詳言豈獨夷束於教華拘於理將恐斥離之辨辭長於新論乎昴道人難云絶欲

由於體理當謂日損者以理自悟也論曰道與俗反本不相關故因權以通之物濟則反本問曰權之所假習心者亦終以爲慮乎爲曉悟之日與經之空理都自反耶若其永背空談翻爲末說若始終相扶可循教而至不荅維隣假知中殊爲藻艷但與立論有違假者以旋迷喪理不以鑽火致惑苟南向可以造越背北可以棄燕信燕比越南矣慮空可以洗心損有可以祛累亦有愚而空聖矣如

此但當勤般若以日忘贍郢路而驟進復何憂於失所乎將恐一悟之唱更顚於南北之譬耶靈運爲書答難

孔難曰語上而云聖無階級釋難曰一合而云物有佛性物有佛性其道有歸所疑者漸教聖無階級其理可貴所疑者殆庶豈二聖異塗將地使之然斥離之歎始是有在辭長之論無乃角弓耶難云若其永背空談翻與未説若始終相扶可循教而至可謂公孫之辭辯者之囿矣

夫智爲權本權爲智用今取聖之意則智即經之辭則權傍權以爲檢故三乘咸歸筌既意以歸宗故般若爲魚兔良由民多愚也教故遷矣若人皆得意亦何貴於攝悟假知之論旨明在有者能爲達理之諫是爲交賒相傾非悟道之謂與其立論有何相違燕北越南有愚空聖其理既當頗獲於心矣若勤者日忘瞻者驟進亦實如來言但勤未是得瞻未是至當其此時可謂向宗既得既至可謂一悟將無同轡來馳而

云異轍耶

論曰由教而信有日進之功非漸所明無入照之分問曰由教而信而無入照之分則是闇信聖人若闇信聖人理不關心政可無非聖之尤何由有日進之功以下王衛軍問荅

荅曰顔子體二未及於照則向善已上莫非闇信但教有可由之理我有求理之志故曰關心賜以之二回以之十豈直免尤而已實有日進之功

論曰暫者假也眞者常也假知無常常知無假又曰假知累伏理暫爲用用暫在理不恒其知問曰暫知爲假知者則非不知矣但見理尚淺未能常用耳雖不得與眞知等照然寧無入照之分耶若暫知未是見理豈得云理暫爲用又不知以何稱知

荅曰不知而稱知者正以假知得名耳假者爲名非暫知如何不恒其用豈常之謂既非常用所以交賒相傾故諫人則言政理悅巳則犯所

知若以諫時爲照豈有悅時之犯故知言理者浮談犯知者沈惑推此而判自聖已下無淺深之照然中人之性有崇替之心矣

論曰敎爲用者心日伏伏累彌久至於滅累

問曰敎爲用而累伏爲云何伏耶若都未見理專心闇信當其專心惟信而已謂此爲累伏者此是慮不能竝爲此則彼廢耳非爲理累相權能使累伏也凡厥心數孰不皆然如此之伏根本未異一倚一伏循環無已雖復

彌久累何由滅

答曰累伏者屬此則屢彼實如來告允厥心數孰不皆然亦如來旨更恨不就學人設言而以恒物爲譏耳譬如藥驗者疾易痊理妙者吝可洗洗吝豈復循環疾痊安能起滅則事不俟居然已辨但無漏之功故脩世俗之善善心雖在五品之數能出三界之外矣平叔所謂冬日之陰輔嗣亦云遠不必攜聊借此語以况入無果無阻隔

謝康樂集卷之八

宋陳郡謝靈運客兒著
明閩漳張　燮紹和纂

頌

無量壽佛頌

法藏長王宮懷道出國城願言四十八弘誓拯羣生淨土一何妙來者皆清英頹年欲安寄乘化好晨征

謝康樂集　卷八　十

贊

王子晉讚

淑質非不麗，難以之百年。儲宮非不貴，豈若登雲天。王子愛淸淨，區中寔囂諠。冀見浮丘公，與爾共繽翻。

巖下見一老翁四五少年讚

盛弘之荆州記：初有採藥衡山，見一老翁四五少年對坐執書

衡山採藥人，路迷糧亦絶。過息巖下坐，正見相對說。一老四五少，仙隱不可別。其書非世教，其

八必賢哲

維摩經十譬贊

聚沫泡合

水性本無泡激流遂聚沫卽異成貌狀消散歸虛壑君子識根本安事勞與奪愚俗駭變化橫復生欣怛

燄

性內相表狀非炎安知火新新相推移熒熒非向我如何滯着人終歲迷因果

芭蕉

生分本多端芭蕉知不一含萼不結核敷華何由實至人善取譬無宰誰能律莫昵緣合時當視分散日

聚幻

幻工作同異誰謂復非眞一從逝物過旣往亦何陳謬者疑久近達者皆自賓勿起離合情會無百代人

夢

覺謂寢無知寐中非無見意狀盈眼前好惡迭一作迷萬變既悟眇已往惜爲浮物戀孰視婆娑盡盜當非赤縣

影響合

影響順形聲資物故生理一旦揮霍去何因相像似羣有靡不然昧漠呼自已四色尙無本八微欲安情

浮雲

泛濫明月陰薈蔚南山雨能爲變動用在我竟

無取像已就飛散豈復得攢聚諸法既無我何
由有我所

電

倏爍驚電過可見不可逐恒物生滅後誰復覈
遲速慎勿空留念横使神理恧發已道易乎忘
情長之福

侍沉舟贊

沉鷁兮遊蘭池潜相委兮石參差日隱雲兮月
照林風遼冷兮水漣漪

和范光祿祇洹像讚三首 并序

范侯遠送像讚，命余同作。神道希微，願言所屬，輒總三首，期之道場。

佛讚

惟此大覺，因心則靈。垢盡智照，數極慧明。三達非我，一援羣生。理阻心行，道絶形聲。

菩薩讚

若人仰宗，發性遺慮。以定養慧，和理斯附。爰初四等，終然十住。涉求至矣，在外皆去。

緣覺聲聞合讚

厭苦情多兼物志少如彼化城權可得寶誘以
湼槃救爾生老肇元三車翻乘一道

范泰佛讚附

精粗事亞始末理通捨事就理卽朗袪蒙惟
此靈覺因心則崇四等極物六度在躬明發
儲寢孰是化初夕滅雙樹登還本無耿耿遠
神遙遙安如願言來期免茲淪滑

謝康樂集
卷八
王

銘

佛影銘有序

夫大慈弘物因感而接接物之緣端緒不一難以形檢易以理測故已備載經傳具著記論矣雖舟壑緬謝像法猶在感運欽風日月彌深法顯道人至自祇洹具說佛影偏爲靈奇幽巖嵌壁若有存形容儀端莊相好具足莫知始終常自湛然廬山法師聞風而悅於是隨喜幽室即考空巖北枕峻嶺南映滮澗摹擬遺量寄託青

彩豈唯像形也篤故亦傳心者極矣道秉道人遠宣意旨命余製銘以充刊刻石銘所始寔由功被未有道宗崇大若此之比豈淺思膚學所能宣述事經徂謝永眷罔已輒罄竭劣薄以諾心許微猷秘奧萬不寫一庶推誠心頗感羣物飛鴞有華音之期闡提獲自拔之路當相尋於淨土解顔於道場聖不我欺致果必報援筆興言情迫其慨

羣生因染六趣牽纏七識迭用九居屢遷劇哉

五陰卷矣四緣遍使轉輪苦根迺遷迺遷未已
轉輪在巳四緣雲薄五陰火起亹亹正覺是極
是理動不傷寂行不乖止曉爾長夢貞爾沈詖
以我神明成爾靈智我無自我實承其義爾無
自爾必袪其僞僞既殊塗義故多端因聲成韻
即色開顏望影知易尋響非難形聲之外復有
可觀觀遠表相就近曖景匪質匪空莫測莫領
倚巖輝林傍潭鑒井借空傳翠激光發冏金好
冥漠白毫幽曖日月居諸胡寧斯慨曾是望僧

擁誠俟對承風遺則曠若有槩敬圖遺蹤疏鑿峻峰周流步欄窈窕房櫳激波映墀引月入窗雲往拂山風來過松地勢既美像形亦篤彩淡浮色羣視沈覺若滅若無在摹在學由其潔精能感靈獨誠之云孚惠亦孔續嗟爾懷道慎勿中惕弱喪之推闇提之役反路今覯發蒙茲覿式厲厥心時逝流易敢銘靈宇敬告震錫

書帙銘

懷幽卷賾戢妙抱?用舍以造舒卷不失亮惟勤玩無或暇逸

康樂集卷八

七

七濟

朝食既畢摘菓堂陰春惟枇杷夏則林檎

誄

宋武帝誄

九有同悲四海等哀矧伊下臣思戀徘徊敢遵前典式述聖徽乃作誄曰

舜潛歷巖高晦泗渚龍德而隱風積乃舉皇之遁世屯難方阻眷此區寰閔爾淪胥太元之季權戚攜薄隆安之初王相蒙弱嶽牧糾虔朝廷紛錯妖橫乘隙蛟噴鯨躍既擾奧區遂斥帝塵亂離斯瘼不後不先寔賴明哲授手康旃紀度

廻薄餘分成閏舊晋中微僞楚藉釁躡彼潛機
曁此英陣摧亡必朽固存斯振盧循負險肆慝
遐嶺殄我江豫迫我臺省民既搖蕩國將遷鼎
乘駟歸轅式固皇境弘危濟險弭難釋殆虎騎
鶩隰舟師漲海傾穴覆巢窮幽測昧昔去洛汭
息肩江沚世更十君年踰百祀國絕興復家成
桑梓荒黙莫恤頹國誰恥夏典載禹九道是行
商誥述湯兼攻是弁勤彼周流協此經營仗鉞
伐鼓赫赫明明乃敕衆師競執戎昭誨以三略

惠以六韶雲撤周京席卷秦郊復禮亭前塗雪慨舊朝既清西關將旋東道中慸徐豫兼應燕趙粢盛曩代惠侔大造澤及四海功格八表悠悠聲教緜緜川陸非獻䡆褭南貢金竹鬈首冠弁穿胸歛服寒宂欣日巢棲玩屋匪惟遐譚靈物偕就孰是人事自天所佑甘露芝草祥雲瑞宿嘉禾連木素鳥皓獸昔之所感謳頌同音今之所應幽顯一心宋克虞德晉猶唐欽曰總八紘于茲三齡四維開張九流聿明敦儉務素欽賢

愛萌制規作訓闡校脩經禮樂巳甄雲雨未弘
將陵井陘薄掃白登非朔渭望飛旌衡翻東岱
靈遅玉牒金縢天地不仁蒼生寡福巳荷一遇
棄我何速梁顛木頹甘殞以贖同軌畢至率土
咸哀殊方均服欒欒素縗灑淚成雨響吁如雷
史臣考卜高山開基貞龜無違遷靈有期嗣皇
擗摽羣后崩悲孰云不慼痛百在茲惟祖之夕
流火始變秋月未永飛漏急箭鳴簫哀嗷金觴
虛奠列駕長隧發輦華殿華殿旣謝長隧是幸

雙蓋踌躕六闕引領攀援容貌眷戀俯顧哀哀

百僚長辭合艑奉敎百朝執鞭三始從復五牧

年歷十祀天光下濟謬蒙眷齒愧微刀筆頻預

遊止晝慕待講接筵餐理脩曙朗夕登臺泛沼

匪月匪日無晏無早如何一旦緬邈穹昊徽容

未遠聖靈超然收淚即路含戚何言風霜蕭瑟

山海蒼茫地苦情矜節速心傷孰是幽哀實戀

我皇情思如環蘐蘇豈忘

謝康樂集　卷八

宋廬陵王誄

事非淮南而痛深於中霧遮非任城而暴甚於仰壽託體皇極銜怨至盡豈惟有識傷慨故亦率土悽心蓋出罔已之悲以陳酸切之事云爾

誄曰

哀哀君王終仁且德在枉無言卽辠有默曾是恐虐古來一酷身微咎累痛踰酖毒何斯禍斯乃怨乃辱命如可延人百其贖矜急景之難留悼驚波之易淪自君王之寘漠歷彌稔於此春

聆鳴禽之響谷睨喬木之陵雲咸感節而興悅
獨懷悲而莫申候射隼于高墉赫王典以正刑
服二辜于北阡致九伐于南荆發酸痛于仁誣
令寵贈于哀心布悽楚于帝言攄綢繆于皇音

曇隆法師誄

夫協理置論百家未見其是因心自了一己不患其躓而終莫相辨我若咸歎翻淪得援竟知于誰冀行跡立則善惡靡徵欲聲名傳則薰蕕同歇然意非身之所挫期出命之所限者目所親覩見之若人矣慧心朗識發于髫辯生自豪華家麤金帛加以巧乘騎解絲竹秣絕景于康衢弄絃管於華肆者非徒經旬涉朔彌歷年稔而已諒趙李之咸陽程鄭之臨邛矣既而永夜

獨悟中飲興歎曰悲夫欣厭迭來終歸憂苦不杜其根於何超絶且三界迴洑諸天倏瞬况齊景牛山趙武企陰催促節物逼迫霜露推此顧言伊何能久慨然有擯落榮華兼濟物我之志毋氏矜其心姊弟申其操遂相許諾出家求道一身既然闔門離世妻子長絶歡娛永謝豈唯何之靡樂判之盛年終古恩愛於今仳别矣旅舟南遡投景廬嶽一登石門香鑪峰六年不下顧僧衆不堪其操法師不改其節援物之念不

以幽居自抗同學嬰疾振錫萬里相救余將謝病東山承風遙羨登望人期頗以山招法師至止鄙人榮役前詩叙粗已記之故不重煩及中間反山成說欵盡遂獲接棟重崖俱浥迴澗茹芝朮而共餌披法言而同卷者再歷寒暑非直山陽靡喜愠之容令尹一進已之色實明悟幽微袪滌近滯蕩客澡垢自忘其疲廢白首同居而乖離無象信順莫歸徵集何緣晚節懼疊逵見參尋至止阻澗音塵殆絕值暑遘疾未旬即

化誠存亡命也此行頗實有由承凶感痛寔百常情紙墨幾時非以斯名蓋欽志節追感平生自不能默已故投懷援筆其辭曰

仰尋形識俯探理類採聲知律拔茅觀彙物以靈異人以智貴郎是神明觀鑒意謂爰初在稚慧心夙察吐喻芳華懷抱日月如彼蘭苑風過氣越如彼天倪雲披光發求名約身規操束己儻或遇世曾未近似生以意泰意管生理孰是歡慰程鄭趙李家畜金繒才練藝技驤首揮霍

繁絃綺靡酒娛調促意妍服修朝迫景曛夕忌
星徙悠悠白日凄凄良夜年往歡流厭來情舍
苦樂環迴終卒代謝棄而更適生速名借誰能
易奪何術推移精粗渾淆善惡參差即心有限
在理莫覿試覈衆肆庶獲所窺道家顯近羣流
缺違假名恒誰傍義豈反獨有兼忘因心則善
傷物沈迷奚彼驅遣變服京師振錫廬頂長別
榮冀永息幽嶺含華襲素去繁就省人苦其難
子取其靜昏之視明即愚成絕智之秉情對理

斯湼吝既弗祛滯亦安拔子之矜之爲爾苦節
節苦在已利貞存彼以明闇逝以慈累徙欲以
援物先宜濟此發軫情違終然理是梁鴻攜妻
荷蓧見子雞黍接人行歌遁已於世日高於道
殊鄙始見法師獨絕神理形壽易盡然諾難判
乘心即化棄身靡歎懷道彌厲景命已晏矜物
辭山終身旅館嗚呼哀哉魂氣隨之延陵已了
鳶螻同施漆園所曉委骸空野豈異豈矯幸有
遺餘聊給蟲鳥嗚呼哀哉緬念生平同幽共深

相卒經始偕是登臨開石通澗剔柯疏林遠眺重疊近矚嶇嶔事寡地閒尋微探賾何句不研奚疑弗析帙舒軸卷藏拔紙襞問來答往俾日餘夕沮溺耦耕夷齊共薇跡同心歡事異意違承疾懷灼聞凶潓悲孰云不痛零淚沾衣嗚呼哀哉行久節移地邊氣改經秋中冬踰桂投海永念伊人思深情倍俯謝常人仰愧無待嗚呼哀哉

廬山慧遠法師誄

道存一致故異化同暉德合理妙故殊方齊致昔釋安公振玄風于關右法師嗣沫流于江左聞風而悅四海同歸爾乃懷仁山林隱居求志于是衆僧雲集勤修淨行同法餐風棲遲道門可謂五百之季仰紹舍衛之風廬山之嵔俯傳靈鷲之旨洋洋乎未曾聞也予志學之年希門人之末惜哉誠願弗遂永違此世春秋八十有四義熙十三年秋八月六日薨年踰縱心功遂

身亡有始斯終千載垂光嗚呼哀哉乃爲誄曰

於昔安公道風允被大法將盡頹綱是寄體靜息動懷貞整僞事師以孝養徒以義仰弘如來宣揚法雨俯受法師威儀允舉學不闚牖鑒不出戶粳糧雖御獻爲蓑楚朗朗高堂肅肅法庭既嚴既靜愈高愈清從容音旨優游儀形廣演慈悲饒益衆生堂堂其氣亹亹其資總角味道辭親隨師供奉三寶析微辨疑盛化濟濟仁德怡怡於焉問道四海承風有心載馳戒德鞠躳

令聲續振五濁暫隆弘道讚揚彌虛彌冲十六
王子孺童先覺公之出家年未志學如彼鄧林
甘露潤澤如彼瓊瑤既磨既琢大宗戾止座衆
龍集聿來胥宇靈寺奚立舊望研幾新學時習
公之勗之載和載輯乃脩什公宗望交泰乃延
禪衆親承三昧衆美合流可上可大穆穆道德
超于利害六合俱否山崩海竭日月沈暉三光
寢蔽衆麓摧柯連波中結鴻化垂緒微風永滅
嗚呼哀哉生盡冲素死增傷悽單縈土槨示同

斂骸人天感悴帝釋慟懷習習遺風依依餘淒
悲夫法師終然是棲室無停響途有廣蹊嗚呼
哀哉端木喪尼哀亘六年仰慕洙泗俯憚帛筌
今子門徒實同斯藉晨掃虛房夕泣空山嗚呼
法師何時復還風嘯竹柏雲靄巖峰川瑩如泣
山林改容自昔聞風志願歸依山川路邈心往
形違始終銜恨宿緣輕微安養有寄閻浮無希
嗚呼哀哉

附録

謝靈運傳

梁　沈　約

謝靈運陳郡陽夏人也祖玄晉車騎將軍父瑍生而不慧爲祕書郎蚤亡靈運幼便穎悟玄甚異之謂親知曰我乃生瑍瑍那得生靈運靈運少好學博覽羣書文章之美江左莫逮從叔混特知愛之襲封康樂公食邑二千戶以國公例除員外散騎侍郎不就爲琅邪王大司馬行參軍性奢豪車服鮮麗衣裳器物多改舊制世共

宗之咸稱謝康樂也撫軍將軍劉毅鎮姑孰以爲記室參軍毅鎮江陵又以爲衛軍從事中郎毅伏誅高祖版爲太尉參軍入爲祕書丞坐事免高祖伐長安驃騎將軍道憐居守版爲諮議參軍轉中書侍郎又爲世子中軍咨議黄門侍郎奉使慰勞高祖於彭城作撰征賦仍除宋國黄門侍郎遷相國從事中郎世子左衛率坐輒殺門生免官高祖受命降公爵爲侯食邑五百戶起爲散騎常侍轉太子左衛率靈運爲性褊

激多愆禮度朝廷唯以文義處之不以應實相許自謂才能宜參權要既不見知常懷憤憤廬陵王義眞少好文籍與靈運情款異常少帝卽位權在大臣靈運構扇異同非毀執政司徒徐羡之等患之出爲永嘉太守郡有名山水靈運素所愛好出守既不得志遂肆意遊遨徧歷諸縣動踰旬朔民間聽訟不復關懷所至輒爲詩詠以致其意焉在郡一周稱疾去職從弟晦曜弘微等並與書止之不從靈運父祖並葬始寧

縣并有故宅及墅遂移籍會稽脩營別業傍山帶江盡幽居之美與隱士王弘之孔淳之等縱放爲娛有終焉之志每有一詩至都邑貴賤莫不競寫宿昔之間士庶皆徧遠近欽慕名動京師作山居賦并自注以言其事太祖登祚誅徐羨之等徵爲祕書監再召不起上使光祿大夫范泰與靈運書敦獎之乃出就職使整理祕閣書補足闕文以晉氏一代自始至終竟無一家之史令靈運撰晉書粗立條流書見任遇靈運

意不平多稱疾不朝直穿池植援種竹樹菫驅課公役無復期度出郭游行或一日百六七十里經旬不歸既無表聞又不請急上不欲傷大臣諷旨令自解靈運乃上表陳疾上賜假東歸將行上書勸伐河北以疾東歸而遊娛宴集以夜續晝復爲御史中丞傅隆所奏坐以免官是歲元嘉五年靈運既東還與族弟惠連東海何長瑜潁川荀雍太山羊璿之以文章賞會共爲山澤之游時人謂之四友惠連幼有才悟而輕

薄不爲父方明所知靈運去永嘉還始寧時方明爲會稽郡靈運嘗自始寧至會稽造方明過視惠連大相知賞時長瑜教惠連讀書亦在郡內靈運又以爲絕倫謂方明曰阿連才悟如此而尊作常兒遇之何長瑜當今仲宣而飴以下客之食尊既不能禮賢宜以長瑜還靈運靈運載之而去荀雍字道雍官至員外散騎郎璿之字曜璠臨川內史爲司空竟陵王誕所遇誕敗坐誅長瑜文才之美亞於惠連雍璿之不及也

臨川王義慶招集文士長瑜自國侍郎至平西記室參軍嘗於江陵寄書與宗人何勗以韻語序義慶州府僚佐云陸展染鬢髮欲以媚側室青青不解久星星行復出如此者五六句而輕薄少年遂演而廣之凡厥人士並爲題目皆加劇言苦句其文流行義慶大怒白太祖除爲廣州所統曾城令及義慶薨朝士詣第叙哀何勗謂袁淑曰長瑜便可還也淑曰國新喪宗英未宜便以流人爲念廬陵王紹鎭尋陽以長瑜爲

南中郎行參軍掌記之任行至板橋遇暴風溺死靈運因父祖之資生業甚厚奴僮既衆義故門生數百鑿山浚湖功役無已尋山陟嶺必造幽峻巖嶂千重莫不備盡登躡常著木履上山則去前齒下山去其後齒嘗自始寧南山伐木開逕直至臨海從者數百人臨海太守王琇驚駭謂爲山賊徐知是靈運乃安又要琇更進琇不肯靈運贈琇詩曰邦君難地險旅客易山行在會稽亦多徒衆驚動縣邑太守孟顗事佛精

悉而爲靈運所輕嘗謂顗曰得道應須慧業文人生天當在靈運前成佛必在靈運後顗深恨此言會稽東郭有回踵湖靈運求决以爲田太祖令州郡履行此湖去郭近水物所出百姓惜之顗堅執不與靈運既不得回踵又求始寧岯崲湖爲田顗又固執靈運謂顗非存利民正慮决湖多害生命言論毁傷之與顗遂構讎隙因靈運横恣百姓驚擾乃表其異志發兵自防露板上言靈運馳出京都詣闕上表太祖知其見

誣不罪也不欲使東歸以爲臨川內史賜秩中二千石在郡遊放不異永嘉爲有司所糾司徒遣使隨州從事鄭望生收靈運靈運執錄望生興兵叛逸遂有逆志追討禽之送廷尉治罪廷尉奏靈運率部衆反叛論正斬刑上惜其才欲免官而已彭城王義康堅執謂不宜恕乃詔曰靈運罪釁累仍誠合盡法但謝玄勳參微管宜宥及後嗣可降死一等徙付廣州其後秦郡府將宗齊受至除口行達桃墟村見有七人下路

亂語疑非常人還告郡縣遣兵隨齊受檢討遂共格戰悉禽付獄其一人姓趙名欽山陽縣人云同村薛道雙先與謝康樂共事以去九月初道雙因同村成國報欽云先作臨川郡犯事徙送廣州謝給錢令買弓箭刀楯等物使道雙要合鄉里健兒於三江口篡取謝若得者如意之後功勞是同遂合部黨要謝不及既還饑饉緣路爲劫盜有司又奏依法收治太祖詔於廣州行棄市刑臨死作詩時元嘉十年年四十九所

著文章傳於世子鳳

史臣曰民稟天地之靈含五常之德剛柔迭用喜慍分情夫志動於中則歌詠外發六義所因四始攸繫升降謳謠紛披風什雖虞夏以前遺文不覩稟氣懷靈理無或異然則歌咏所興宜自生民始也周室既衰風流彌著屈平宋玉導清源於前賈誼相如振芳塵於後英辭潤金石高義薄雲天自兹以降情志愈廣王褒劉向揚班崔蔡之徒異軌同奔遞相師祖雖清辭麗曲

特發乎篇而蕪音累氣固亦多矣若夫平子豔發文以情變絕唱高蹤久無嗣響至于建安曹氏基命二祖陳王咸蓄盛藻甫乃以情緯文以文被質自漢至魏四百餘年辭人才子文體三變相如巧爲形似之言班固長於情理之說子建仲宣以氣質爲體並標能擅美獨映當時是以一世之士各相慕習原其飈流所始莫不同祖風騷徒以賞好異情故意製相詭降及元康潘陸特秀律異班賈體變曹王縟旨星稠繁文

綺合綴平臺之逸響採南皮之高韻遺風餘烈事極江右有晉中興玄風獨振爲學窮於柱下博物止乎七篇馳騁文辭義單乎此自建武暨乎義熙歷載將百雖綴響聯辭波屬雲委莫不寄言上德託意玄珠遒麗之辭無聞焉爾仲文始革孫許之風叔源大變太元之氣爰逮宋氏顏謝騰聲靈運之興會標舉延年之體裁明密並方軌前秀垂範後昆若夫敷衽論心商榷前藻工拙之數如有可言夫五色相宣八音協暢

緜乎玄黄律吕各適物宜欲使宫羽相變低昂互節若前有浮聲則後須切響一簡之内音韻盡殊兩句之中輕重悉異妙達此旨始可言文至於先士茂製諷高歷賞子建函京之作仲宣霸岸之篇子荆零雨之章正長朔風之句並直舉胸情非傍詩史正以音律調韻取高前式自騷人以來此祕未覩至於高言妙句音韻天成皆暗與理合匪繇思至張蔡曹王曾無先覺潘陸顔謝去之彌遠世之知音者有以得之知此

言之非謬如日不然請俟來哲

謝靈運傳

唐李延壽

謝靈運安西將軍奕之曾孫而方明從子也祖玄晉車騎將軍父瑍生而不慧位祕書郎早亡靈運幼便穎悟玄甚異之謂親知曰我乃生瑍瑍兒何爲不及我靈運少好學博覽羣書文章之美與顔延之爲江左第一縱橫俊發過於延之深密則不如也從叔混特加愛之襲封康樂公以國公例除員外散騎侍郎不就爲瑯琊王大司馬行參軍性豪侈車服鮮麗衣物多改舊

形制世共宗之咸稱謝康樂也累遷秘書丞坐事免宋武帝在長安靈運爲世子中軍諮議黃門侍郎奉使慰勞武帝於彭城作撰征賦後爲相國從事中郎世子左衛率坐輒殺門生免官宋受命降公爵爲侯又爲太子左衛率靈運多愆禮度朝廷惟以文義取之不以應實相許自謂才能宜參權要旣不見知常懷憤惋廬陵王義眞少好文籍與靈運情款異常少帝即位權在大臣靈運構扇異同非毀執政司徒徐羡之

等患之出爲永嘉太守郡有名山水靈運素所愛好出守既不得志遂肆意遊遨徧歷諸縣動踰旬朔理人聽訟不復關懷所至輒爲詩詠以致其意在郡一周稱疾去職從弟晦曜弘微等並與書止之不從靈運父祖並葬始寧縣并有故宅及墅遂移籍會稽脩營舊業傍山帶江盡幽居之美與隱士王弘之孔淳之等放蕩爲娛有終焉之志每有一首詩至都下貴賤莫不競寫宿昔間士庶皆徧名動都下作山居賦并自

注以言其事文帝誅徐羡之等徵爲秘書監再召不起使光祿大夫范泰與書敦獎乃出使整秘閣書遺闕又令撰晉書粗立條流書竟不就尋遷侍中賞遇甚厚靈運詩書皆兼獨絶每文竟手自寫之文帝稱爲二寶旣自以名輩應參時政至是唯以文義見接毎侍上宴談賞而已王曇首王華殷景仁等名位素不踰之並見任遇意旣不平多稱疾不朝直穿池植援種竹樹果驅課公役無復期度出郭游行或一百六七

十里經旬不歸既無表聞又不請急上不欲傷
大臣諷旨令自解靈運表陳疾賜假東歸將行
上書勸伐河北而游娛宴集以夜續晝復爲御
史中丞傅隆奏免官是歲元嘉五年也靈運既
東與族弟惠連東海何長瑜潁川荀雍太山羊
璿之以文章賞會共爲山澤之遊時人謂之四
友惠連幼有奇才不爲父方明所知靈運去永
嘉還始寧時方明爲會稽靈運造方明遇惠連
大相知賞靈運性無所推唯重惠連與爲刎頸

交時何長瑜教惠連讀書亦在郡內靈運又以爲絶倫謂方明曰阿連才悟如此而尊作常兒遇之長瑜當今仲宣而飴以下客之食尊既不能禮賢宜以長瑜還靈運載之而去靈運因祖父之資生業甚厚奴僮既衆義故門生數百鑿山浚湖功役無已尋山陟嶺必造幽峻巖嶂數十重莫不備盡登躡常著木屐上山則去其前齒下山去其後齒常自始寧南山伐木開逕直至臨海從者數百臨海太守王琇驚駭謂爲山

賊未知靈運乃安又要琇更進琇不肯靈運贈琇詩曰邦君難地險旅客易山行在會稽亦多徒衆驚動縣邑太守孟顗事佛精懇而爲靈運所輕嘗謂顗曰得道應須慧業文人生天當在靈運前成佛必在靈運後顗深恨此言又與王弘之諸人出千秋亭飲酒倮身大呼顗深不堪遣信相聞靈運大怒曰身自大呼何關癡人事會稽東郭有回踵湖靈運求決以爲田文帝令州郡履行此湖去郭近水物所出百姓惜之顗

堅執不與靈運既不得回踵又求始寧休崲湖爲田顗又固執靈運謂顗非存利人政慮決湖多害生命言論傷之與顗遂隙因靈運橫恣表其異志發兵自防露板上言靈運馳詣闕上表自陳本末文帝知其見誣不罪也不欲復使東歸以爲臨川內史在郡游放不異永嘉爲有司所糾司徒遣使隨州從事鄭望生收靈運靈運興兵叛逸遂有逆志追討禽之送廷尉廷尉論正斬刑上愛其才欲免官而已彭城王義康堅

謝靈運傳

温州府志

謝靈運玄之孫也性穎異文擅江左第一爲永嘉守德惠多及民招士講書人知向學居西堂夢弟惠連得池塘生春草句時以爲工有行田種桑與民別等詩今有夢草堂謝公亭謝客巖謝池及康樂坊之名皆民所不能忘者謝康樂蒞永嘉郡兒童騎竹馬迎之至今名竹馬坊又東北五里靈運秩滿與民叙別于此今名北亭俱載郡志

奬勸詩　晉從叔混

康樂誕通度實有名家韵若加緄染功剖瑩乃瓊瑾

和謝監靈運　宋顏延之

弱植慕端操窘步懼先迷寡立非撑方刻意藉窮棲伊昔遘多幸秉筆侍兩閨雖慙丹雘施未謂玄素睽徒遭良時詖王道奄昏霾人神幽明絶朋好雲雨乖弔屈汀洲浦謁帝蒼山蹊倚巖聽緒風攀林結留荑跂予間衡嶠曷月瞻秦稽

皇聖昭天德豐澤振沈泥惜無雀雉化何用充
海淮去國還故里幽門樹蓬藜采茨葺昔宇翦
棘開舊畦物謝時既晏年往志不偕親仁敷情
昵與玩究辭悽芬馥歌蘭若清越奪琳珪盡言
非報章聊用布所懷

答靈運　宋從兄瞻

夕霽風氣涼閑房有餘清開軒滅華燭月露皓
已盈獨夜無物役寢者亦云寧忽獲愁霖唱懷
勞奏所誠歎彼行旅艱深茲眷言情伊余雖寡

慰殷憂暫爲輕牽率酬嘉藻長揖愧吾生

於安城答靈運 五章 宋從兄瞻

條繁林彌蔚波清源逾濬華宗誕吾秀之子紹前胤綢繆結風徽烟熅吐芳訊鴻漸隨事變雲臺與年峻

華萼相光飾嚶鳴悅同響親親予敦余賢賢吾爾賞比景後鮮輝方年一日長萎葉愛榮條涸流好河廣

徇榮謝成操復禮愧貧樂幸會果代耕符守江

南曲履運傷荏苒遭塗歎緬邈布懷存所欽我
勞一何篤
擘允雖同規翻飛各異槩迢遞封畿外窈窕承
明內尋塗塗既睽即理理已對絲路有恒悲矧
乃在吾愛
跬行安步武鍛翮周數仞豈不識高遠違方往
有各歲寒霜雪嚴過半路逾峻量已畏友朋勇
退不敢進行矣勵令猷寫誠酬來訊

入彭蠡經松門觀石鏡緬懷謝康樂

唐李白

謝公之彭蠡因此遊松門余方窺石鏡兼得窮江源欲將繼風雅登徒清心魂前賞逾所見後來道空存況屬臨汎美而無洲渚喧漾水向東去漳流直南奔空濛三川夕廻合千里昏青桂隱遙月綠楓鳴愁猿水碧或可采金精秘莫論吾將學仙去冀與琴高言

孤嶼

唐李白

康樂上官去永嘉遊石門江亭有孤嶼千載跡

猶存。

謝客巖　唐姚揆

不見古君子、空餘舊林巒。尋色媚車馬、爽氣嚴衣冠。水天影交碧、松竹聲相寒。

懷謝康樂　宋林景熙

巀嶭鎮九斗、贔屭挾五丁。飛霞適何來、縹緲開珠庭。永懷謝康樂、坐嘯山水城。曠代得真契、登臨有餘情。松風灑六月、使我毛骨清。猿鳥亦僊意、人生何營營。

浣紗溪

明皇甫汸

謝公永嘉守在郡宥無爲敦賞值令弟華萼舞相携躋險既山頓窮源亦水嬉溪名沐鶴是人覩遊龍非駕言輟棹際茲影浣紗時凌波粲秀色雜碧逗芳餞援琴挑未就解佩贈猶疑高唐侈宋玉洛浦悵陳思佇華但唇動締心空目馳來同湫風止去作飄雲離停聲三婦艷嗣響二郎回

遺事

謝靈運好戴曲柄笠孔隱士曰卿欲希心高遠何不能遺曲蓋之貌謝曰將不畏影者未能忘懷 世說

謝叔源與從子靈運並有美名時目望蔡蕭蕭如寒風振松目康樂凜凜如霜臺龍目 世說

王令明素不與謝靈運相識嘗一交言靈運辯博辭義鋒起令明時然後言荀伯子退而告人曰靈運固自蕭散直上王郎如萬頃陂 世說

謝康樂父不慧早亡康樂好臧否人物叔混患之欲加裁折謂宣遠曰非汝莫能乃與瞻曜共遊戲命瞻與靈運共車既上便商較人物宣遠謂曰秘書早亡談者亦互有同異靈運默然言論自此衰止世說

靈運問謝瞻潘陸與賈充優劣瞻曰安仁諂於權門士衡邀競無已並不能保身公閭勳名佐世不得爲並靈運曰安仁士衡才爲一時之冠方之公閭本自遼絕宋書謝弘微傳

謝靈運有逸才每出入自扶携者常數人民間謠曰四人挈衣裙三人捉坐席 宋書

宋浦陽江有琵琶圻圻有古冢墮水甓有隱起字筮吉龜凶八百年落江中謝靈運取甓詣京咸傳視焉乃驗龜繇古冢已八百矣 水經

謝瞻作喜霽詩靈運寫之王琨詠之王弘以爲三絕 南史謝瞻傳

王籍爲詩慕謝靈運其合也殆無媿色時謂康樂有籍如仲尼之有丘明老聃之有莊周 南史王籍

傳

謝靈運每云六經典文本在濟俗爲治耳必求性靈眞奧豈得不以佛經爲指南弘明集

謝靈運半日吟詩百篇頓落十二齒

謝靈運少所推崇見遠公肅然心服乃即寺觀翻涅槃經因鑿爲臺植白蓮池中名臺曰翻經臺因號白蓮社廬山記

謝靈運遊石門入沐鶴鄉溪有二女浣紗嘲以二詩忽不見遂回踰三里遇弟惠連與之偕回

後人以康樂回處爲大郎回惠連回處爲小郎回溪曰浣沙溪括蒼志

謝靈運鬚美臨刑施於南海祇洹寺爲維摩詰鬚寺人寶惜初不虧損中宗樂安公主五月鬭百草欲廣其物色令馳取之又恐他人所得因剪棄其餘今遂絶國史纂異

集評

顔延之嘗問鮑明遠已詩與謝康樂優劣鮑曰謝五言如初發芙蓉自然可愛君詩若鋪錦列繡亦雕繢滿眼 世說

湯惠休曰謝詩如芙蓉出水顔如錯彩鏤金顔終身病之 世說註

謝客吐言天拔出於自然時有不拘是其糟粕 梁簡文

陳思爲建安之傑公幹仲宣爲輔陸機爲太康

之英安仁景陽爲輔謝客爲元嘉之雄顔延年爲輔皆五言之冠冕文章之命世也　詩品

謝靈運詩其原出於陳思雜有景陽之體故尚巧似而逸蕩過之頗以繁蕪爲累嶸謂若人興多才博寓目輙書内無乏思外無遺物其繁富宜哉然名章迥句處處間起麗典新聲絡繹奔會譬猶青松之拔灌木白玉之映塵沙未足貶其高潔也　詩品

謝靈運才高辭盛富艷難蹤固已含跨劉郭陵

轢潘左其爲文直於情性尚於作用不顧辭彩而風流自然彼淸景當中天地秋色詩之量也卿雲從風舒卷萬狀詩之變也不然何以得其格高其氣正其體貞其貌古其辭深其才婉其德宏其調逸其聲諧哉皎然詩評

客有問予謝公池塘生春草明月照積雪二句優劣予曰池塘生春草情在言外明月照積雪旨冥句中風力雖齊取興各別

以險爲主以自然爲工李杜深處多取此詩譜

靈運森蔚璀瑋而鋪敘紛縟處似急就篇竹林詩諭

池塘生春草園柳變鳴禽靈運坐此詩得罪遂

計以阿連夢中授此語有客以請舒王曰不知

此詩何以得名後世何以得罪當時舒王曰權

德與已嘗評之公未尋繹耳池塘者泉川瀦溉

之地今日生春草是王澤竭也豳詩所紀一蟲

鳴則一候變今日變鳴禽者候將變也吟總雜録

池塘生春草園柳變鳴禽世多不解此語爲工

蓋欲以奇求之爾此語之工正在無所用意猝

然與景相遇備以成章不假繩削故非常情之所能到詩家妙處須以此爲本而思苦言艱者往往不悟　石林詩話

江淹擬惠休詩日日莫碧雲合佳人殊未來古今以爲佳句然謝靈運圓景早已滿佳人猶未還卽是此意

顔不如鮑鮑不如謝文中子獨取顔非也　嚴滄浪

謝靈運如東海揚帆風日流麗　孫器之

三謝詩靈運最勝當就選中寫出熟讀自見優

劣唐子西

靈運送孔令詩季秋邊朔苦旅鴈違霜雪淒淒陽卉微皎皎寒潭潔上二句見孔令避地之意三句喻時四句美孔賦而比也在宥天下理吹萬群方悅詩意微婉喻宋公尤妙琅邪漫抄

康樂之詩六朝之冠也然其始本於陸平原陸謝二子則又並祖曹子建故鍾嶸曰曹劉殆文章之聖陸謝爲體貳之才李夢陽

康樂雖好山水故登涉之言締構妙絶窮情極

態如川月嶺雲玩之有餘把之不得可謂神於詠賦者矣且其肆覽莊易博綜百家駢毬儷金往往不期而有故使後代擅場之士內無之思外無遺物皆斯人爲之剏導也譬之花蕚在建安時開耀其半尚多渾含至康樂色彩敷發殆盡靈機天化無餘藴矣千年來未有其匹 黄省曾

謝靈運天質奇麗運思精鑿雖格體創變是潘陸之餘法也其雅縟乃過之 王世貞

金陵全書

丁編·文獻類

王文憲集

（南朝齊）王儉 撰

南京出版傳媒集團
南京出版社

提要

《王文憲集》一卷，南朝齊王儉撰。

王儉（四五二—四八九），字仲寶，祖籍琅琊臨沂（今屬山東）。東晋名相王導五世孫。其父僧綽、叔王僧虔俱有文學才能。王儉生時，父被害，爲叔父所養。儉自幼勤學，手不釋卷。歷仕宋齊二朝。宋明帝時，入仕爲秘書郎。後尚陽羡公主，拜駙馬都尉。又超遷秘書丞。蕭道成爲太尉，引爲右長史，轉左長史。後輔佐齊太祖蕭道成即位，禮儀詔策，皆出其手，以佐命之功封南昌縣公，升尚書左僕射，領吏部、兼丹陽尹。齊武帝時累遷侍中、尚書令，領國子祭酒、學士館主、太子少傅、衛軍將軍、中書監。永明七年（四八九年），王儉病逝，謚號『文憲』。

王儉是宋齊之際聲名顯赫的學者、文人，在目録學、譜牒學、禮學、文學等方面都具有極高的造詣。王儉任秘書丞時，上表請求校理典籍，按劉歆《七略》的體例撰《七志》四十卷（《宋書·後廢帝紀》作三十卷，《隋書·經籍志》

題《今書七志》作七十卷，今多從王儉本傳所載），首開私人編著書目的先例。後廢帝時，又撰《元徽四部書目》四卷。南朝齊建立後，長於禮學、諳究朝儀的王儉除了製定典章禮儀，還編製了大量有關禮學方面的著作。見載於《隋書·經籍志》的著述主要有《喪服古今集記》三卷、《喪服圖》一卷、《禮論要鈔》十卷、《禮答問》三卷、《禮義答問》八卷、《弔答儀》十卷、《吉書儀》二卷、《百家集譜》十卷、《王儉集》五十一卷。惜均佚散。

《南齊書·王儉傳》云：『（儉）手筆典裁，爲當時所重。少撰《古今喪服集記》并文集，并行於世。』王儉文集當成書於齊梁之際，由其故吏門生任昉裒集而成。任昉（四六〇—五〇八），字彦升，樂安博昌（今山東濱州）人，『竟陵八友』之一。《梁書·任昉傳》云：『永明初，衛將軍王儉領丹陽尹，復引爲主簿。儉雅欽重昉，以爲當時無輩。』感於王儉的知遇之恩，任昉在王儉故後將其遺文編輯成集，并爲之作序。任昉《王文憲集序》云：『公自幼及長，述作不倦，固以理窮言行，事該軍國，豈直雕章縟采而已哉！若乃統體必善，綴賞無地，雖楚趙羣才，漢魏衆作，曾何足云！曾何足云！昉嘗以筆札見知，思以薄技效德，是用綴輯遺文，永遺世範，爲如干秩如干卷，所撰《古今集記》《今書七志》，爲一家言，不列於集，集録如左。』此文集隋唐時尚存，故《初學記》《藝文類聚》中多所引録。《隋書・經籍志》中載録『齊太尉王儉集五十一卷』，又注曰『梁六十卷』，在《新唐書・藝文志》《舊唐書・經籍志》中均載録爲六十卷。此文集大約亡佚於唐末五代，宋人已不能全睹其書。明代馮惟訥所編古詩總集《古詩紀》輯録王儉五言詩八首，太廟二寶及郊配辭三首，白紵辭五首。後明人張溥裒輯諸書，將王儉留存的詩文輯録爲《王文憲集》一卷，收入所編的《漢魏六朝百三名家集》卷七十五，正文卷首題『齊琅琊王儉著，明太倉張溥閲』。王儉詩文遂得以傳於世。張溥（一六〇二—一六四一），字幹度，又字天如，號西銘，南直隸太倉（今江蘇蘇州）人。崇禎四年進士，授庶吉士。與同邑張采齊名，時稱『婁東二張』。《漢魏六朝百三名家集》是張溥爲『興復古學』而編輯的一部規模宏大的總集，上至漢代，下至隋代，凡一百〇三家，共一百一十八卷。原叙云『余少嗜秦、漢文字，苦不能解，既略上口，遍求義類。斷自唐前，目成掌録，編次爲集』，『别集之外，諸家著書，非文體者，概不編入』。

《王文憲集》共輯録王儉文賦四十四篇，詩十五首，多種文體兼備。張溥在編排體例上與明張燮《七十二家集》相仿，卷首爲張溥題辭，首列王儉賦兩篇，次列文，包括表、議、奏、啓、章、箋、書、贊、碑文、連珠、哀策，後列詩，最後附録王儉本傳。《王文憲集》中多數爲一些應用性公文。《文心雕龍·章表》云：『章表奏議，經國之樞機。』位居重臣，以經國爲務，又精通禮學，深諳朝廷典章禮儀的王儉此類文章最多，尤其是議文。張溥《王文憲集題辭》云：『齊宗議禮，家各爲説，吉凶參會，咸稟仲寶。』這些議文很好地解決了社會上有關喪禮、車服、郊祀等一系列禮制問題上的疑問，具有較强的實用性，由此也引發了南朝齊儒學復興的潮流。《王文憲集》充分展現了王儉『儒宗』之特點，『立言必雅』『持論從容』。王通《中説》認爲王儉『有君子之心焉，其文約以則』。其詩文所體現出的典雅、古奥的風格，也帶動着整個齊初文壇的風氣。劉師培在《宋齊梁陳文學概略》中云：『齊初，臣僚如褚淵、王僧虔之流，雖精文學，然集其大成者，惟王儉。』

《王文憲集》均爲《漢魏六朝百三名家集》本，現存最早的刊本爲明婁東張氏刻本。此外還有清光緒三年壽考堂刻本，清光緒五年信述堂刻本，清光緒十八年章經濟堂刻本以及翰墨山房刻本，民國六年（一九一七）上海掃葉山房石印本。《金陵全書》收録的《王文憲集》以南京圖書館藏明婁東張氏刻《漢魏六朝百三家集》本爲底本原大影印出版。

姚曉菲

王文憲集

王文憲集題詞

王仲寶年六歲拜受茅土未三十即位令僕身尚公主爵享元侯佩刀淮水徵祥已極然早痛死父中厄天年福造不完非人力也宋齊議禮家各爲説吉凶叅會咸禀仲寶即史書所

傳可謂非七志之膏腴乎齊臺佐命諸王並推彥回風則同朝欽賞若援論古今宣明朝典必仲寶居前彼雖風流自命欲比安石時論未許抑觀自古宰相議禮通達漢韋玄成匡衡以後不多見也褚公貴而善藝徒以

別鶴琴曲銀桯琵琶稱説名士其能則樂官伎弄耳盦望王僕射乎且二子皆齊貴戚逢迎輿運不臣跡同而世尤惡褚者豈非以羅禰負約石頭偷生直犬豕目之於仲寶則猶憐其父死非命或有伍胥乞食之志而不

難以國販也

婁東張溥題

王文憲集目錄

賦

表

議

奏

附錄

王文憲集目錄終

王文憲集　目錄　王

王文憲集

齊　瑯琊王儉　著

明　太倉張溥　閱

賦

靈邱竹賦

靈邱深沉，蔓竹凝陰，神根合拱，楨幹百尋，振芳條乎崑岳，敷六采於高岑，沿淮海而蔚映，帶沮漳而蕭森，至東南而擅美，在淇衛而流音。方靈壽而均茂，儀菌桂而成林。若乃青春受謝，九野

舒榮、綠蘋齊葉、白芷抽萌、幹蔥蔥而特秀、篠擢穎而垂英、霜皦鏡於原隰、木衰疏於郊阡、翠葉與飛雪爭釆、貞柯與曾氷競鮮

和竟陵王高松賦

山有喬松、峻極青蔥、既抽榮於岱嶽、亦擢穎於荆峰、若乃朔窮於紀、歲亦莫止、隆氷峩峩、飛雪千里、嗟萬有之必衰、獨貞華之無已、積皓霰而爭光、延微飈而響起、

表

諫壞宋明帝紫極殿以材柱起宣陽門表

臣聞德者身之基，儉者德之輿。春臺將立，晉卿秉議；北宫肇構，漢臣盡規。彼二君者，或列國常侯，或守文中主，尚使諫諍在義，卽悦况陛下聖哲應期。臣等職司隆重，敢藉前誥，竊乃有心。陛下登庸宰物，節省之敎既昭；龍袞璇極，簡約之訓彌遠。乾華外構，采椽不斵，紫極故材，爲宣陽門，臣等未譬也。夫移心疾於股肱，非良醫之美，畏影迹而馳騖、豈靜處之方、且又三農在日。于畛咸事。輟望歲之勤、興土木之役。非所以宣昭大猷。光示遐邇。若以門居宮南重陽所屬。年月稍久。漸就淪胥。自可隨宜修理而合度。改作之煩。於是乎息所啓謬合、請付外施行、

請解僕射表

臣遠尋終古、近察身事、邀恩幸藉、未見其倫、何者、子房之遇漢后。公達之逢魏君。史藉以爲美談。君子稱其高義。二臣才堪王佐。理非曲私。兩

圭專仗威武。有傷寬裕。豈與庸流之人、憑含弘之澤者。同年而語哉。預在有心、胡甯無感、如使傾宗殞元、有益塵露。猶當畢志驅馳。仰訓萬一。豈容稍在形飾以徇常事。九流任要。風猷所先。玉石朱素。由斯而定。臣亦不謂文案之間都無微解。至於品裁臧否。特所未閑。雖存自勗。識不副意。兼竊而任。彼此俱壅。專情本官。庶幾髣髴、且前代掌選。未必俱在代來。何爲於今。非臣不可。傾心奉國。匪復退讓之與預同休戚。甯俟位任爲親。陛下若不以此理賜期。豈仰望於殊眷。頻冐嚴威。分甘尤戾。

又

待臣於常均之外、聘臣于代僚之右、親垂其章、乗非其器、霸府方隆、超居元佐、國朝草昧、參贊百揆、

求解尚書表

臣比年辭選、具簡天朝、欵言彰於侍接、丹誠布於朝野、物議不以爲非、聖心未垂矜納、臣聞知

慧不如明時求之微躬實允斯義妄庸之人沉浮無取命偶休泰遂踐康衢秋葉辭條不假風飈之力太陽躋景無俟螢爝之暉聊往明來五德遞運聖不獨治入元亮采臣逢其時而叨其位常總端右丞管銓衡事涉兩朝歲綿一紀盛年已老孫孺巾冠人物徂遷逝者將半三考無聞九流寂寞能官之詠輟響於當時大車之刺方興以來日若夫珥貂衣衮之貴四輔六敎之華誠知匪服職務差簡端揆雖重猶可勉勵至

於品藻之任。尤懼其阻。夙宵罄竭。屢試無庸。歲月之久。近世罕比。非唯悔吝在身。故乃惟塵在國。方今多士盈朝、群才競爽、遐衆而授、古亦何人、胄陳微翰、必希天照、至敬無文、不敢煩黷、

議

郊殷議

南齊高帝建元元年七月有司奏郊殷之禮未詳郊在何年復以何祖祀郊殷復在何時未郊得先殷與不明堂亦應與郊同年而祭不若應祭者復有配與無配不祀者堂殿職僚毀置云何八座丞郎通關博士儀曹郎中裴昭明儀曹郎中孔逷議今年七月宜殷祠來年正月宜南郊明堂並祭而無配殿中郎司馬憲議南郊無配饗祠如舊明堂無配宜殷廢祀其殷祀同用今年十月右僕射王儉議詔可明堂可更詳有司又奏明堂尋禮無明文唯以孝經爲正竊尋設祀之意蓋爲文王有配則祭無配則止愚謂既配上帝則以帝爲主今雖無

配不應闕祀徐邈近代碩儒每所折衷其云郊爲天壇則堂非文廟此實明據內外百司立議已定如更詢訪終無異說傍儒依史竭其管見旣聖旨惟疑群下未敢詳癈置之宜仰由天鑒詔依舊

案禮記王制天子先祫後時祭諸侯先時祭後祫春秋魯僖二年祫明年春禘自此以後五年再殷禮緯稽命徵曰三年一祫五年一禘經記所論禘祫與時祭其言詳矣初不以先殷後郊爲嫌至於郊配之重事由王迹是故杜林議云漢業特起不因緣堯宜以高帝配魏高堂隆議

以舜配天。蔣濟云漢時奏議。謂堯已禪舜。不得
爲漢祖。舜亦已禪禹。不得爲魏之祖。今宜以武
皇帝配天。晉宋因循。即爲前式。又案禮及孝經
援神契並云明堂有五室。天子每月於其室聽
朔布教。祭五帝之神。配以有功德之君。大戴禮
記曰、明堂者所以明諸侯尊卑也。許慎五經異
義曰、布政之宮。故稱明堂。明堂盛貌也。周官匠
人職稱明堂有五室。鄭玄云周人明堂五室。帝
一室也。初不聞有文王之寢。鄭志趙商問云說

者謂天子廟制如明堂是爲明堂卽文廟耶。鄭荅曰明堂主祭上帝。以文王配耳。猶如郊天以后稷配也。袁孝尼云明堂法天之宫。本祭天帝。而以文王配。配其父於天位則可。牽天帝而就人鬼。則非義也。泰元十三年。孫耆之議稱郊以祀天。故配之以后稷。明堂以配帝。故配之以文王。由斯言之。郊爲皇天之位。明堂卽上帝之廟。徐邈謂配之爲言。必有神主。郊爲天壇。則堂非文廟。史記云趙綰王臧欲立明堂。于時亦未有郊配漢又祀汾陰五畤即是五帝之祭亦未有郊配議者或謂南郊之日已旅上帝若又以無配而特祀明堂則一日再祭於義爲黷案古者郊本不共日蔡邕獨斷曰祠南郊祀畢次北郊又次明堂高廟世祖廟謂之五供馬融云郊天之祀咸以夏正五氣用事有休有王各以其時兆以方郊四時合歲功作相成亦以此月總旅明堂是則南郊明堂各日之證也近代從省故與郊同日猶無煩黷之疑何者其爲祭雖同所

以致祭則異孔晁云言五帝佐天化育故有從祀之禮旅上帝是也至於四郊明堂則是本祀之所譬有功臣從饗豈復廢其私廟且明堂有配之時南郊亦旅上帝此則不疑於其日今何故致嫌於同辰又禮記天子祭天地四方山川五祀歲徧尚書堯典咸秩無文詩云昭事上帝聿懷多福據此諸義四方山川猶必享祀五帝大神義不可略魏文帝黄初二年正月郊天地明堂明帝太和元年正月以武皇帝配天文皇

帝配上帝然則黃初中南郊明堂皆無配也又郊日及牲色異議紛然郊特牲云郊之用辛周之始郊也盧植云辛之爲言自新絜也鄭玄云用辛日者爲人當齋戒自新絜也漢魏以來或丁或巳而用辛當多考之典據辛日爲允郊特牲又云郊牲幣宜以正色繆襲據祭法云天地騂犢周家所尚魏以建丑爲正牲宜尚白白虎通云三王祭一用夏正所以然者夏正得天之數也魏用異朔故牲色不同今大齊受命建寅

創歷、郊廟用牲一依晉宋。謂宜以今年十月殷祀宗廟。自此以後。五年再殷。來年正月上辛有事南郊。宜以其日還祭明堂。又用次辛饗祀北郊。而並無配。犧牲之色。率有舊章。

二郊明堂議

四年。世祖即位。其秋。有司奏。尋前代嗣位。或於前郊年。或別始。晉宋以來。未有畫一。今年正月已郊。未審明年應南北二郊。祀明堂與不。依舊通關八座丞郎博士議。尚書令王儉議。尚書領國子祭酒張緒等十七人並同儉議。詔可。

案秦爲諸侯。雜祀諸畤。始皇并天下。未有定祠。

漢高受命。因雍四畤而起北畤。始祠五帝。未定郊丘。文帝六年。新垣平議初起渭陽五帝廟。武帝初至雍郊見五畤。後常三歲一郊祠雍元鼎四年始立後土。祠於汾陰。明年立太祠於甘泉。自是以後二歲一郊。與雍更祠、成帝初即位。丞相匡衡於長安定南北郊。哀平之際。又復甘泉汾陰祠。平帝元始五年王莽奏依匡衡議。還復長安南北二郊。光武建武二年定郊祀兆於洛陽。魏晋因循。率由漢典。雖時或參差。而類多間歲至於嗣位之君參差不一宜有定制檢晉明帝太甯五年南郊其年九月崩成帝即位明年改元即郊簡文咸安二年南郊其年七月崩孝武即位明年改元亦郊宋元嘉三十年正月南郊其年二月崩孝武嗣位明年改元亦郊此則二代明例差可依放謂明年正月宜饗祀二郊虞祭明堂自茲厥後依舊間歲

日蝕不廢社祠議

永明元年十二月有司奏今月三日臘祠太社稷一日合朔日蝕既在致齋內

未審干社祠無疑不曹檢未有前准尚書令王儉議詔可

禮記曾子問天子嘗禘郊社五禮之祭、簠簋既陳唯大喪乃廢至於當祭之日、火日蝕則停尋伐鼓用牲、由來尚矣、而簠簋初陳、問所不及、據此而言、致齊初日仍值薄蝕。則不應廢祭。又初平四年士孫瑞議以日蝕廢社而不廢郊。朝議從之。王者父天親地。郊社不殊。此則前准。謂不宜廢

南郡王昭業冠議

永明五年十月有司奏南郡王昭業冠求儀注未有前准尚書令王儉議僕射王奐等十四人議並同并撰立贊冠醮酒二辭詔可

皇孫冠事、歷代所無、禮雖有嫡子嫡孫、然而地居正體。下及五世。今南郡王體自儲暉、實惟國裔、元服之典。宜異列蕃。案士冠禮主人玄冠朝服、賓加其冠、贊者結纓、鄭玄云主人冠者之父兄也、尋其言父及兄。則明祖在父不爲主也。大戴禮記公冠篇云、公冠自爲主、四加玄冕以卿爲賓、此則繼體之君。及帝之庶子。不得稱子者也。小戴禮記冠義云：冠于阼，以著代也。醮于客位，三加彌尊，加有成也。注稱嫡子冠於阼，庶子冠于房。記又云：古者重冠，故行之于廟，所以自卑而尊先祖也。據此而言，彌與鄭注儀禮相會。是故中朝以來，太子冠則皇帝臨軒，司徒加冠，光祿贊冠；諸王則郎中加冠，中尉贊冠。今同于儲皇則重，依于諸王則輕。又春秋之義，不以父命辭王父命。禮：父在斯爲子，君在斯爲臣。皇太子居臣子之節，無專用之道。南郡雖處蕃國，非支庶之列。宜禀天朝之命。微申冠阼之禮。晉武帝詔稱漢魏遣使冠諸王。非古正典。此葢謂庶子封王。合依公冠自主之義。至於國之長孫。遣使惟允。宜使太常持節加冠。大鴻臚爲賛。醮酒之儀。亦歸二卿。祝醮之辭。附准經記。别更撰立。不依蕃國常體。國官陪位拜賀。自依舊章。其日内外二品清官以上。詣止車集賀。并詣東宫南門通牋。别日上禮。宫臣亦詣門稱賀。如上臺之儀。旣冠之後。剋日謁廟。以弘尊祖之義。此旣大

典、宜通關八座丞郎并下二學詳議、

公府長史朝服議

宋後廢帝元徽四年上議爲沈俟之所駁遂寢

春秋國語云貌者情之華、服者心之文、嚴廊盛禮。衣冠爲大。是故軍國異容。內外殊序。而自頃承用、每有乖違、府職掌人敎、四方是則、臣居毘佐、志在當官、永言先典、載懷夕惕、按晉令公府長史官品第六。銅印墨綬。朝服進賢兩梁冠。掾屬官品第七。朝服進賢一梁冠。晉官表注。亦與令同而令長史掾屬但著朱服而已此則公違明文積習成謬謂宜依舊制長史兩梁冠掾屬一梁冠並同備朝服中單韋舃率由舊章若所上蒙允并請班司徒二府及諸儀同三府通爲永準又尋舊事司徒公府領步兵者職僚悉同降朝不領兵者主簿祭酒中單韋舃並備令史以下唯著玄衣今府既開公謹遵此制其或有署臺位者玄服爲宜按令稱謹有兼官皆從重官之例尋內官爲重其署臺位者悉宜著位之

服不在玄服之例。若署諸卿寺位兼府職者。雖三品而卿寺爲卑。則宜依公府玄衣之制。服章事重。禮儀所先。請臺詳服。

又議

自項服章多闕。有違前準。近議依令文被報。不宜改革。又稱左丞劉議。按令文凡有朝服。今多闕亡。然則文存服損。非唯鉉佐。用捨既久。即爲舊章。如下旨。伏尋皇宋受終。每因晉舊制。律令條章。同規在昔。若事有宜。必合懲改。則當上關詔書下由朝議縣諸日月垂則後昆豈得因外府之乖謬以爲盛宋之興典用晉氏之律令而謂其儀爲瀆法哉順違從失非所望於高議申明舊典何改革之可論又左丞引令史之闕服以爲鉉佐之明比夫名位不同禮數異等令史從省或有權宜達官簡略爲失彌重又主簿祭酒備服於王庭長史掾屬朱衣以就列於是倫比自成矛盾此而可忍孰不可安將引令以遵舊臺據失以爲例研詳符旨良所未譬當官而

行何强之有制令昭然守以無貳

帝后諱議

建元元年太常上朝堂諱訓僕射王儉議

后諱依舊不立訓禮天子諸侯諱羣祖臣隸既有從敬之義宜爲太常府君諱至於朝堂榜題本施至極既迨尊所不及禮降于在三晉之京兆宋之東安不列榜題孫毓議稱京兆列在正廟臣下應諱而不上榜宋初博士司馬道敬議東安府君諱宜上榜何承天執不同即爲明據

其有人名地名犯太常府君及帝后諱者名皆改宣帝諱同二名不偏諱所以改承明門爲北掖以榜有之字與承並東宮承華門亦改爲宣華云

冕旒議

依漢三公服山龍九章、卿華蟲七章、

皇后遷祔祭奠議

建元四年高帝山陵昭皇后應遷祔祠部疑有祖祭及遣啓諸奠九飯之儀不

左僕射王儉議從之

奠如大斂。賀循云從墓之墓，皆設奠，如將葬廟朝之禮。范甯云將窆而奠，雖不稱爲祖，而不得無祭。

奠墓設虞議

有司又奏昭皇后神主在廟，今遷祔葬。葬有虞以安神，神既已處廟，改葬出靈，豈應虞祭。鄭注改葬云從廟之廟，禮宜同從墓之墓，事何容異。前代謂應無虞。

左僕射王儉議從之。

范甯云葬必有魂車，若不爲其歸，神將安舍。世中改葬，卽墓所施靈設祭，何得不祭而毁也。賀循云既窆設奠於墓以終其事。雖非正虞。亦粗相似。晉氏修復五陵。宋朝敬后改葬。皆有虞。今設虞非疑。

皇太子妃服議

建元二年皇太子妃薨前宮臣疑所服左僕射王儉議從之

禮記文王世子。父在斯爲子。君在斯爲臣。且漢魏以來。宮僚充備臣隷之節。具體在三。昔庾翼妻喪。王允滕弘謂府吏宜有小君之服。況臣節之重耶。宜依禮爲舊君妻齊衰三月。居官之身並合屬假朝晡臨哭悉繫東宮今臣之未從官在遠者。於居官之所屬甯二日半。仍行喪成服。遣牋表不得赴。

太子妃建銘旌議

太子妃斬草乗黄議建銘旌僕射王儉議

禮既塗棺。祝取銘置于殯東。大斂畢。便應建于西階之東。

太子迎車駕議

穆妃薨成服日車駕出臨喪朝議疑太子應出門迎左僕射王儉議

尋禮記服問君所主夫人妻太子嫡婦言國君。爲此三人爲主喪也。今鑾輿臨降。自以主喪而至。雖因事撫慰。義不在吊。南郡以下。不應出門奉迎。但尊極所臨。禮有變革。權去杖絰。移立戶外。足表情敬。無煩止哭。皇太子既一宮之主。自應以車駕幸宮。依常奉候。既當成服之日。吉凶不相干。宜以衰幘行事。望拜止哭。率繇舊章。尊駕不以臨弔。奉迎則惟常體。求之情禮。如爲可安

太子妃旒翣議

宋大明一年太子妃薨建九旒有司又議斬草日建旒與不若建旒應幾旒。及畫龍升降云何又用幾翣僕射王儉議從之

旒本是命服。無關于凶事。今公卿以下平存不能備禮。故在凶乃建耳。東宮秩同上公九命之儀。妃與儲君一體。義不容異。無緣未同常例。別立凶旒。大明舊事。是不經詳議。率爾便行耳。今宜考以禮典。不得効尤從失。吉部伍自有桁輅。凶部別有銘旌。若復立旒。復置何處。翣自用八。

穆妃朔望設祭議

有司奏穆妃卒哭後靈還在道遇朔望當須設祭否王儉議時議從之

既虞卒哭祭之於廟本是祭序昭穆耳未全同卒吉四時之祭也所以有朔望殷事蕃國不行權制宋江夏王妃卒哭以後朔望設祭帝室既以卒哭除喪無緣方有朔望之祭靈筵雖未升廟堂而舫中即成行廟猶如桓玄及宋高祖長沙臨川二國並有移廟之禮豈復謂靈筵在途便設殷事耶推此而言朔望不復俟祭宋懿后

時舊事不及此。益可知。

穆妃祥議

建元三年有司奏皇太子穆妃以去年七月薨其年閏九月數閏爲應以閏附正月若用月數數閏者南郡王兄弟便應以此四月晦小祥至于祥月不爲有疑不左僕射王儉議

三百六旬。尚書明義。文公納幣。春秋致譏。穀梁云積分而成月。公羊云天無是月。雖然。左氏謂告朔爲得禮。是故先儒咸謂三年朞喪。歲數沒閏。大功以下。月數數閏。夫閏者蓋是年之餘日。

而月之異朔。所以吳商云舍閏以正朞。允協情理。今杖朞之喪。雖以十月而小祥。至于祥縞。必須周歲。此厭屈之禮。要取象正服。祥縞相去二月。厭降小祥。亦以則之。又且求之名義。則小祥本以年限。考之倫例。則相去必應二朔。今以厭屈而先祥。不得謂此事之非期。事既同條。情無異貫。沒閏之理。固在言先。設令祥在此晦。所去縞三月。依附準例。益復爲礙。謂應須五月晦乃祥。此國之大典。宜共精詳。并通關八座丞郎研盡異同。

答褚淵難

尚書令褚淵難儉議曰厭屈之典由所尊奪情故祥縞備制而年月不申今以十一月而祥從期可知既計以月數則應數閏以成典若猶含之何以異於縞制疑者正以祥之當閏月數相縣積分餘閏應象所弘計月者數閏故有餘月計年者苞含故致盈積稱理從制有何不可儉荅淵難隨事解釋祠部郎中王珪之議謂衰以閏施功衰以下小祥值閏則畧而不言今雖厭祥名猶存異於餘服計月爲數屈追慕之心以遠爲通日既餘分月非止朔含而全制於情喈允僕射儉議理據詳博謹所附同今司徒淵始雖疑難再經往反未同儉議依

舊八座丞郎通共博議爲允以來五尺晦小祥其祥禫自依常限奏御班下内外詔可

合閏之議、通儒所難、但祥本應期。屈而不遂。語事則名體俱存。論哀則情無異迹。雖數月義實計年閏、是年之歸餘、故宜總而苞之。期而兩祥。緣尊故屈。祥則沒閏、象年所申。屈申兼著。二途具舉。經紀之旨。其在兹乎、如使五月小祥。六月乃閏。則祥之去縞、事成二月。是爲十一月以象前期。二朔以放後歲、名有區域。不得相參、曾襄二十八年十二月乙未楚子卒。唯書上月。初不言閏。此又附上之明義也。鄭射王賀唯云期則没閏。初不復區别杖期之中祥。將謂不俟言矣。成休甯云大祥後禫有閏别數之。明杖期之祥。不得方於緩縞之末。即恩如彼。就例如此。

荅王遂問

皇太子穆妃服尚書左丞兼著作郎王遂問左僕射王儉中軍南郡王小祥應待聞喜不穆妃七月二十四日薨聞喜公八月發哀計十一月之限應在六月南郡王爲當同取六月則大祥復申一月應用八月非復正月在存親之義若

王文憲集

各自爲祥，盧堊相間，玄素相糅，未審當有此疑不。司徒褚淵等二十人並同儉議，爲允，請以爲永制。詔可。

送往有已，復生有節，罔極非服制所申，祥縞明示終之斷，相待之義，經記無聞。世人多以盧室衰麻，不宜有異，故相去一二月者，或申以俱除，此所謂任性徑行，未達禮旨。昔撰喪記，巳嘗言之。遠還之人，自有爲而未祭，在家之子，立何辭以不變？禮有除喪而歸者，此則經記之遺文，不待之明據。假使應待，則相去彌年，亦宜必待，乃爲衰絰、永服以窮生。吉凶長絶于宗廟。斯不可矣。苟曰非宜。則旬月之間。亦不容申。何者。禮有倫序。義無徒設。今遠則不待近。不相須。禮例既乖。卽心無取。若疑兄弟同居吉凶舛雜。則古有異宮之義。設無異宮。則遠還之子。自應開立别門以終喪事。靈筵祭奠。同在家之人。再朞而毁。所以然者。奔喪禮云。爲位不奠。鄭玄云。以其精神不存乎此也。聞哀不時。實緣在遠。爲位不奠。益有可安。此自有爲而然。不關嫡庶。庶子在家。

亦不待嫡矣而況儲妃正體王室。中軍長嫡之重。天朝又行權制。進退彌復非疑。謂不應相待中軍祥縞之日。聞喜致哀而已。不受弔慰。及至忌辰變除。昆弟亦宜相就寫情而不對客。此國之大典。宜通關八座丞郎共盡同議、然後奏御、

君母服議

建元三年太子穆妃薨南郡王聞喜公國臣疑制君母服儉又議

禮庶人爲國君齊衰、先儒云庶人在官。若府史之屬是也。又諸侯之大夫妻爲夫人服繐衰七

月。以此輕微疏遠。故不得盡禮。今皇孫自是蕃國之王公。太子穆妃是天朝之嫡婦。宮臣得申小君之禮。國官豈敢爲夫人之敬。當單衣白帢。素帶哭於中門外。每臨輒入。與宮官同。

入學釋奠議

齊武帝永明三年春，詔立學，創立堂宇，召公卿子弟下及員外郎之胤，凡置生二百人。其年秋中悉集。有司奏：宋元嘉舊事，學生到，先釋奠先聖先師，禮又有釋菜，未詳今當行何禮？用何樂及禮器？尚書令王儉上議：其冬皇太子講孝經，親臨釋奠，車駕幸聽。

周禮春入學舍菜合舞、記云始教皮弁祭菜、示敬道也、又云始入學必祭先聖先師中朝以來釋菜禮廢。今之所行。釋奠而已。金石俎豆皆無明文。方之七廟則輕。比之五禮則重。陸納車胤謂宣尼廟宜依亭侯之爵。范甯欲依周公之廟。用王者儀。范宣謂當其爲師則不臣之。釋奠日備帝王禮樂。此則車陸失於過輕。二范傷於太重。喻希云若至王者自設禮樂則肆賞於至敬之所。若欲嘉美先師則所況非備。尋其此說。守附情理，皇朝屈尊弘敎，待以師資，引同上公。即事惟允。元嘉立學，裴松之議應舞六佾，以郊樂未具，故權奏登歌。今金石已備，宜設軒縣之樂，六佾之舞，牲牢器用，悉依上公。

褚淵拜錄議

高帝崩，遺詔以淵爲錄尚書事。江左以來，無單拜錄者，有司疑立優策。尚書令王儉議從之

見居本官，別拜錄，應有策書，而舊事不載。中朝以來，三公王侯，則優策並設，官品第二，策而不

優優者褒美策者兼明尚書職居天官委寄政化之本故尚書令品雖第三拜必有策錄尚書品秩不見而總任彌重前代多與本官同拜故不別有策即事緣情不容均之凡僚宜有策書用申隆寄既異王侯不假優文

司空掾屬爲褚淵服議

淵改授司空薨掾屬以淵未拜疑應爲吏敬不王儉議

依禮婦在塗聞夫家喪改服而入今掾屬雖未服勤而吏節稟於天朝宜申禮敬

司徒府史爲褚淵服議

司徒府史又以淵既解職而未恭後授府猶應上服以不儉又議

依中朝士孫德祖從樂陵遷爲陳留，未入境，樂陵郡吏依見君之服。陳留迎吏。依娶女有吉日、衰齊弔、司徒府宜依官制服。

史條例議

建元二年初置史官檀超與驃騎記室江淹掌史職上表立條例開元紀號不取宋年封爵各詳本傳無假年表立十志律歷禮樂天文五行郊祀刑法藝文依班固朝會輿服依蔡邕司馬彪州郡依徐爰百官依范曄合州郡班固五星

載天文日蝕載五行攺日蝕入天文志以建元爲始帝女體自皇宗立傳以備甥舅之重又立處士列女傳詔内外詳議左僕射王儉議詔日月災隸天文餘如儉議

金粟之重。八政所先。食貨通則。國富民實。宜加編錄。以崇務本。朝會志。前史不書。蔡邕稱先師胡廣說漢舊儀。此乃伯喈一家之曲碎小儀。無煩錄。宜立食貨。省朝會。洪範九疇。一曰五行。五行之本。先乎水火之精。是爲日月五行之宗也。令宜憲章前軌。無所攺革。又立帝女傳。亦非淺識所安。若有高德異行、自當載在列女。若止於常美則仍舊不書。

王文憲集 六 卷全 三五

奏

諒闇親奉蒸嘗奏

南齊高帝建元四年尚書令王儉採晋中朝諒闇議奏從之

權典既行，喪禮斯奪，事與漢世，而源由甚遠。殷宗諒闇，非有服之稱。周王即吉，唯宴樂爲譏。春秋之義，嗣君踰年即位，則預朝會聘享焉。左氏云，凡君即位，卿出並聘，踐修舊好。又云，諸侯即位，小國聘焉，以繼好結信，謀事補闕，禮之大者。至於諒闇之内，而圖婚三年，未終而吉禘，齊歸之喪不廢蒐杞公之卒不徹樂皆致譏貶以明鑒戒自斯而談朝聘蒸嘗之典卒哭而備行婚禘蒐樂之事三載而後舉通塞興廢各有自然。又案大戴禮記及孔子家語並稱武王崩、成王嗣位、明年六月既葬、周公冠成王而朝于祖、以見諸侯、命祝雍作頌、襄十五年十一月晉侯周卒、十六年正月葬晉悼公平公既即位、改服修官、烝于曲沃、禮記曾子問孔子曰、天子崩、國君薨、則取群廟之主、而藏諸祖廟、禮乎、卒哭成事、而後主各反其廟、春秋左氏傳凡君卒哭而祔、祔而後特祀於主、烝嘗禘於廟、先儒云特祀於主者、特以喪禮奉新亡者。至於寢則不同於古。烝嘗禘於廟者、卒哭成事。羣廟之主。各返其廟。則四時之祭。皆卽吉也。三年喪畢。吉禘於廟。躋群主以定新主也。凡此諸議、悉著在經誥、昭乎方册、所以晋宋因循。同規前典。卒哭公除。親奉烝嘗。率禮無違。因心允恊。爰至泰豫元年禮官立議、不宜親奉、乃引三年之制、自天子達、又據王制稱喪三年不祭唯祭天地社稷越紼而行事曾不知自天子達本在至情既葬釋除事以權奪委哀襲衮孝享宜申越紼之旨事施未葬卒哭之後何紼可越復依范宣之難杜預譙周之論士祭並非明據晉武在喪每欲存寧戚之懷不全依諒闇之典至於四時蒸嘗蓋以哀疾未堪非便頓改舊式江左以來通儒碩學所歷多矣守而弗革義豈徒然又宜郎心而言公卿大夫則負扆親臨三元告始則朝會萬國雖金

石輟響而簨簴充庭情深於恒哀而跡降於凡制豈曰能安國家故也宗廟蒸嘗孝敬所先甯容吉事備行斯典獨廢就令必宜廢祭則應三年永闕乃復同之他故有司攝禮進退二年彌乖典衷謂宜依舊親奉

啓

先郊後春啟

南齊武帝永明元年，當南郊，而立春在郊後，世祖欲遷郊，尚書令王儉啓，從之。

案禮記郊特牲云：「郊之祭也，迎長日之至也，大報天而主日也。」易說：「三王之郊，一用夏正。」盧植云：「夏正在冬至後。」傳曰：「啓蟄而郊，此之謂也。」然則圜丘與郊各自行，不相害也。鄭玄云：「建寅之月，晝夜分而日長矣。」王肅曰：「周以冬祭天於圜丘，以正月又祭天以祈穀。」祭法稱：「燔柴太壇，則圜丘也春秋傳曰啓蟄而郊則祈穀也謹尋禮傳二文各有其義盧王兩說有若合符中朝省二丘以并二郊即今之郊禮義在報天事兼祈穀既不全以祈農何必俟夫啓蟄史官唯見傳義未達禮旨又尋景平元年正月二日辛丑南郊其月十一日立春元嘉十六年正月六日辛未南郊其月八日立春此復是近世明例不以先郊後春爲嫌若或以元日合朔爲礙者則晋成帝咸康元年正月一日加元服二日親祠南

郊元服之重百僚備列雖在致齋行之不疑令齋内合朔此即前准若聖心過恭寧在嚴潔合朔之日散官備防非預齋之限者於止車門外别立幔省若日色有異則立於省前望實爲允謂無煩遷日

請江斅還本啓

初宋明帝敕斅出繼從叔愻爲從祖淳後于是僕射王儉啓尚書參議謂間世立後禮無其文荀顗無子立孫墜禮之始何期又立此論義無所據于是斅還本家

禮無後小宗之文近世緣情皆繇父祖之命未有既孤之後出繼宗族也雖復臣子一揆而義非天屬江忠簡胤嗣所寄唯斆一人傍無眷屬斆宜還本若不欲江愻絕後可以斆小兒繼愻爲孫

章

拜儀同三司、章

臣聞日中則昃盈虛之定分、器滿必傾往事之恒理、遂乃班同袞章、爕和台曜、外參論道、內總百司、物議惟塵、自識非據、

王文憲集　卷全　三

牋

與豫章王嶷牋

舊楚蕭條。仍歲多故荒民散亡。南史作政荒人散寔須緝理。公臨蒞甫爾。英風惟穆。江漢來蘇。八荒慕義。八荒一作入州自庾亮以來。荊州一作楚無復此美南史無美字政。古人云期月有成。而公旬日成化。一作致治豈不休哉。

王文憲集　卷全　三

書

荅陸澄

易體微遠。實貫群籍。施孟異聞。周韓殊旨。豈可專據小王。便爲該備。一作黼依舊存鄭。高同來說。元凱注傳。超邁前儒。若不列學官。其可廢矣。賈氏注經。世所罕習。穀梁小書。無俟兩注。存麋畧范。率由舊式。凡此諸義。並同雅論。疑孝經非鄭所注。僕以此書明百行之首。實人倫所先。七畧藝文。並陳之六藝。不與蒼頡凡將之流也。鄭注虛實。前代不嫌。意謂可安。仍舊立置。

經義問答

曲禮問答

永明五年冬太子臨國學親臨策試諸生於坐問少傅王儉曰曲禮云無不敬尋下之奉上可以盡禮上之接下慈而非敬今總同敬名將不爲昧儉曰鄭玄云禮主于敬便當是尊卑所同太子曰若如來通則忠惠可以一名孝慈不須別稱儉曰尊卑號稱不可悉同愛敬之名有時相次忠惠之異誠以聖旨孝慈互舉竊有徵據

禮云不勝喪比於不慈不孝。此則其義。太子曰資敬奉君、資愛事親、兼此二塗、唯在一極、今乃移敬接下、豈復在三之義、儉曰、資敬奉君。必同至極。移敬逮下。不慢而已。太子曰、敬名雖同、深淺既異、而文無差別、彌復增疑、儉曰、繁文不可備設、畧言深淺已見、傳云不忘恭敬、民之主也、書云奉先思孝、接下思恭、此又經典明文互相起發、

周易問答

太子問王儉曰、周易乾卦、本施天位。而說卦云帝出乎震、震本非天。義豈相當。儉曰、乾健震動。天以運動爲德。故言帝出震。太子曰、天以運動爲德、君自體天居位、震雷爲象、豈體天所出、儉曰、主器者莫若長子。故受之以震。萬物出乎震。故亦帝所與焉。

孝經問答

儉又諮太子曰、孝經仲尼居、曾子侍、夫孝理弘深。大賢方盡其致。何故不授顏子。而寄曾生。太子曰、曾生雖德懋體二、而色養盡禮、去物尚近、接引非隔、弘宣規教、義在于此、儉曰、接引非隔。弘宣雖易。去聖轉遠。其事彌輕。既云人能弘道。將恐人輕道廢。太子曰、理既有在。不容以人廢言。而況中賢之才。弘上聖之教。甯有壅塞之嫌。

贊

竟陵王山居贊

升堂踐室、金暉玉朗、亹亹大韶、遙遙閑賞、道以德弘、聲由業廣、義重實歸、情深虛往、濠梁在茲、安事遐想、

碑文

太宰文簡褚彥回碑文

夫太上有立德，其次有立功，此之謂不朽，所以子產云亡。宣尼泣其遺愛。隨武既沒。趙文懷其餘風。於文簡公見之矣，公諱淵，字彥回，河南陽翟人也，微子以至仁開基宋，段以功高命氏。爰逮兩漢，儒雅繼及，魏晉以降，奕世重暉，乃祖太傳元穆公德合當時，行比州壤，深識臧否，不以毀譽形言，亮釆王室，每懷沖虛之道，可謂婉而成章、志而　晦者矣、自茲厥後、無替前規、建官惟賢、軒冕相襲、公稟川嶽之靈暉、含珪璋而挺曜、和順内凝、英華外發、神茂初學、業隆弱冠、是以仁經義緯、敦穆于閨庭、金聲玉振、寥亮于區宇、孝敬淯深、率由斯至、盡歡朝夕、人無間言、逍遙乎文雅之圃、翱翔乎禮樂之場、風儀與秋月齊明、音徽與春雲等潤、韻宇弘深、喜慍莫見其際、心明通亮、用人必就於已、汪汪焉洋洋焉可謂澄之不清、撓之不濁、袁陽源才氣高奇、綜覈精裁宋文帝端明臨朝鑒賞無昧袁既延譽於遐邇。文亦定婚於皇家選尚餘姚公主、拜駙馬都尉漢結叔高晉姻武子方斯蔑如也釋褐著作佐郎、轉太子舍人、濯纓登朝、冠冕當世、升降兩宮、實惟時寶具瞻之範、既著台衡之望斯集、出參太宰軍事、入爲太子洗馬、俄遷秘書丞、贊道槐庭、司文天閣、光昭諸侯、風流籍甚、以父憂去職、喪過乎哀、幾將毀滅、有識留感、行路傷情、服闋、除中書侍郎、王言如絲、其出如綸、恪居官次、智效惟穆、于時新安王寵冠列蕃、越敷拜教、毘佐之選、妙盡國華、出爲司徒右長史、轉尚書吏部郎、執銓以平、御煩以簡、裴楷清通、王戎簡要。復存於茲。太始之初、入爲侍中、曾不移朔、遷吏部尚書、是時、天步初夷、王途向阻、元戎啓行、衣冠未緝、内贊謀謨、外康流品、制勝既遠、涇渭斯明、賞不失勞、舉無失德、績簡帝心、聲敷物聽、事甯、領太子右衛率、固讓不拜、尋領驍騎將軍、以帷幄之功、膺庸祇之秩、封雩都縣開國伯、食邑五百户、既秉辭梁之介。又懷寢邱之志。所受田邑、不盈百井、久之重爲侍中、領右衛將軍、畫規獻替、均山甫之庸、緝熙王庡、兼方叔之望、丹陽京輔、遠近攸則、吳興襟帶、實惟股肱、頻作二守、並加蟬冕、政以禮成、民是以息、明皇不豫、儲后幼沖、貽厥之寄、允屬時望、徵爲吏部尚書、領衛尉、固讓不拜、改授尚書右僕射、端流平衡、外寬內直、弘二八之高、謨宣由庚、而垂詠太宗、即世遺命以公爲散騎常侍中書令護軍將軍、遂往事居、忠貞允亮、秉國之均、四方是維、百官象物而動、軍政不戒而備、公之登泰階而尹天下。君子以爲美談。亦猶孟軻、致欣於樂正。羊職悅賞於士伯者也。丁所生母憂、謝職、毁疾之重、因心則至、朝議以有爲爲之。魯侯垂式。存公忘私。方進明準。爰降詔書、敦還攝任。固請移歲。表奏相望。事不我與。屈巳弘化。屬値三季在辰。戚藩内侮。桂陽失圖。窺窬神器。鼓棹則滄波振蕩。建旗則日月蔽虧。出江派而風翔。入京師而雷動。

鳴控弦於宗稷。流鋒鏃於象魏。雖英宰臨戎。元渠時殄。而餘黨實繁。宮廟憂逼。公乃揔熊羆之士、率不貳心之臣、戮力盡規、克甯禍亂、康國祚於綴旒、拯王維於已墜、誠由太祖之威風、抑亦仁公之翼佐、可謂德刑詳禮義信戰之器也、以靜難之功進爵爲侯、兼授尚書令中軍將軍、給班劍二十人、功成弗有、固秉撝挹、改授侍中中書監護軍如故、又以居母艱去官、雖事緣義感、而情均天屬、顏丁之合禮。二連之善喪。亦曷以踰、天厭宋德、水運告謝、嗣主荒怠於天位、强臣憑陵於荆楚、廢昏繼統之功、戡亂甯民之德、公實仰贊宏規、參聞神筭、雖無受脤出車之庸、亦有甘寢秉羽之績。乃作司空、山川攸序、兼授將軍、戎政輯睦、既而齊德龍興、順皇高禪、深達先天之運、匡贊奉時之業、弼諧允正、徽猷弘遠、樹之風聲、著之話言、亦猶稷契之臣虞夏、荀裴之奉魏晉、自非坦懷至公、永鑒崇替、孰能光輔五君、寅亮二代者哉、大啟南康、爰登中鉉、時膺上宇、囿辭拜教、令之尚書令、古之冢宰、雖秩輕於衮司。而任隆於百辟。蹔遂冲旨、改授朝端、邇無異言、遠無異望、帝嘉茂庸、重申前冊、執五禮以正民、簡八刑而窐用、故能聘績康衢、延慈哲后、義在資敬、情同布衣、出陪鑾蹕、入奉帷殿、仰南風之高詠、餐東抒（一作野）之秘寶、雅議於聽政之震。披文於宴私之夕。參以酒德。間以琴心。暖有餘暉。遙然留想。君垂冬日之溫、臣盡秋霜之戒。蕭蕭焉、穆穆焉、於是見君親之同致、知在三之如一、太祖升遐、綢繆遺寄、以侍中司徒錄尚書事、禀玉几之顧、奉綴衣之禮、擇皇齊之令典、致聲化于雍熙、內平外成、實昭舊職、增給班劍三十人、物有其容、徽章斯允、位尊而禮卑、居高而思降、自夏徂秋、以疾陳退、朝廷重違謙光之旨、用申超世之尚、改授司空領驃騎大將軍侍中錄尚書如故、景命不永、大漸彌留、建元四年八月二十一日薨于私第、春秋四十有八、昔柳莊疾棘。衛君當祭而輟禮。晏嬰既往。齊君趨車而行哭公之云亡、聖朝震悼於上、群后恇慟于下、豈非哀纏一國、痛深一主而已哉、追贈太宰侍中錄尚書如故、給節羽葆鼓吹班劒爲六十人、謚曰文簡、禮也、夫成德而處、萬物不能害其貞、虚已以游、當世不能擾其度、均貴賤於條風、忘榮辱於彼我、然後可兼善天下、聊以卒歲、經始圖終、式免祗悔、誰云克備、公實有焉、是以義結君子、惠霑庶類、言象所未形、述詠所不盡、故吏某甲等感逝川之無捨、哀清暉之眇默、餐輿誦

於丘里、瞻雅詠於京國、思衛鼎之垂文、想晉鍾之遺則方高山而仰止、刊玄石以表德、其辭曰、

辰精感運、昴靈發祥、元首惟明、肱股惟良、天鑒璿曜、踵武前王、欽若元輔、體微知章、永言必孝、因心則友、仁洽兼濟、愛深善誘、觀海齊量、登嶽均厚、五臣茲六、八元斯九、内謨帷幄、外曜台階、遠無不肅、邇無不懷、如風之偃、如樂之諧、光我帝典、緝彼民黎、率禮蹈謙、諒實身幹、跡屈朱軒志隆衡館、眇眇玄宗、萋萋辭翰、義既川流、文亦

霧散嵩構雲頽、梁陰載鈌、德猷靡嗣、儀形長遁、
怊悵餘徽、鏘洋遺烈、久而彌新、用而不竭

連珠

暢連珠

蓋聞王佐之才雖遠、豈必見揉於當世、凌雲之氣徒盛、無以自致于雲間、是故魏人指玉於外野、和氏泣血于荆山、

哀策

高帝哀策文 并序

降階執禮，泣血纏心，感客臺之罷御，哀恭館之不臨，仰神儀而邈絶，視區物而增陰，俾茲良敬修舊則，敢圖鴻規，式揚至德，其辭曰，

靈源遥裔，肇惟商邱，聖功甯夏，賢識歸周，我皇踵武，超冠前猷，美風允迪，德音孔修，月準敷仁，日精表孝，則地均和，體天合炤，外弘三至，内隆七教，水祀將傾，乾維晦象，韋弁長襲，鼓磬屬響，

聲化巳淪、政刑遂往、國圖靡緝、民規載爽、康世
以德、撥亂資武、威以雷霆、潤以風雨、六術允昭、
四義克舉、自東徂北、遐方即叙、功被河濟、化隆
江漢、帝謨仰式、王維佇幹、改步藩屏、來登翼贊、
綢繆總章、因循陽館、昔在保衡、君違斯政、爰茲
博陸、亦鑒靈命、效昏以忠、登明資敬、義煥金石、
功昭舞詠、蠢爾荆漢、悖亂人經、謀連樞禁、兵接
神坰、禦姦以悳、禦宄以刑、獻捷宗寢、飲至王庭、
政敎雲行、徽猷天造、山鑑紫璇、苑茂朱草、玉檢

騰暉、金繩薦寶、天鏡既穆、地維旣肅、遐邇壹體、表裏禔福、乃眷斯民、昧旦抒軸、與文媲武、纘禹舊服、所向惟簡、所保惟賢、居尊彌約、無善不延、膠庠載緝、風軌克宣、上洞清儀、下逹玄泉、聽覽閑日。應物餘景。怡慮以文。棲心以靜。鴻章晨映、徽言夕永、迹庇匽服、情深箕潁、萬寓飡和、百神受職、粢甫欣儀、雲亭望式、輔德伊何、奄捐民極、嵩岳長傾、宸暉斯旻、機炤惟寂、逵鑒靡傷、愼終敬始、知微知彰、立言垂範、玉潤金相、瞻仰遺式、哀結流霜、旋玉軑之皦鏡、動雲旗之逶迤、振哀笳于八極、響清蹕于咸池、顧應掖而稍遠、視機衡而長離、風遲遲而懷暮、日憯憯其若垂、感衣冠于喬岳、追弓劒之在斯、悼丁年之薄祐、訴窮心于兩儀、

皇太子妃哀策文

肇惟初職、芳猷夙就、翩翩禮園、徘徊樂囿、視秋齊明、方春等茂、伊宋之李、天衢薦阻、咨我儲貳、締緝江滸、衛女事齊、樊姬贊楚、美著嬪嗣、徽音

踵武、數盈則反、否極斯昌、肅膺靈命、經緯三光、往儀衡館、來式椒堂、訓組咸事、象服有章、八演仰則、六幽望景、悠悠草昧、如何不永、方中委曜、先秋落穎、世有遺塵、庭無餘影、嗚呼哀哉、遵三兆之嘉日、迨九筮之靈期、澄金波而映鑾旆、命飛廉而拂瓊輜、揚清笳于漢表、動嘶挽于雲基、

詩

侍皇太子釋奠宴

禮惟國幹、義實民端、身由業濼、世以教安、金鎔乃器、水術伊瀾、漸芳則馥、履氷固寒、瞽宗務時、頖宮善誘、咨此含生、躋彼仁壽、涫移雅闕、歷兹永久、遊藝莫師、獨學惟友、三兆戒辰、八鸞警旦、風動嵩宮、雲棲參館、禮邁仁周、樂超英濩、神保爰格、祝史斯贊、鬱鬯既終、德馨是與、降晁上庠、升宴東序、槐宰金貞、蕃維玉譽、時彥莘莘、國胄

楚楚、

侍太子九日宴玄圃詩

明明儲后、沖默其量、徘徊禮樂、優游風尚、微言外融、幾神内王、就日齊暉、儀雲等望、本茂條榮、源澄流潔、漢稱閒平、周云魯衛、咨我藩華、方軼前軌、秋日在房、鴻雁來翔、寥寥清景、靄靄微霜、草木搖落、幽蘭獨芳、眷言淄苑、尚想濠梁、既暢旨酒、亦飽徽猷、有來斯悅、無遠不柔、

贈徐孝嗣

婉婉遊龍、載遊載東、靡靡行雲、並躍齊蹤、無類、不感、有來斯雍、之子云邁、嗟我莫從、歲云暮止、述職戒行、崇蘭罷秀、孤松獨貞、悲風宵遠、乘雁晨征、撫物遐想、念別書情、

春日家園

徙倚未云暮、陽光忽已收、義和無停晷、壯士豈淹留、冉冉一作荏苒老將至、功名竟不脩、稷契匡虞夏、伊呂翼商周、撫躬謝先哲、解紱歸山丘、

春詩二首

蘭生已匝苑，萍開欲半池。輕風搖雜蘤，細雨亂叢枝。

其二

風光承露照，霧色點蘭暉。青荑結翠藻，黄鳥弄春飛。

春夕

露華方照歲，雲彩復經春。虚閨稍叠草，幽帳日凝塵。

後園餞從兄豫章

兹夕竟何夕、念别開曾軒、光風轉蘭蕙、流月泛虚園、

失題

方軌并茂。追清彦輔。柔亦不茹、剛亦不吐

南郊樂歌

高德宣烈樂

饗帝嚴親、則天光大、舄奕前古、榮鏡無外、日月宣華、卿雲流靄、五漢同休、六幽成泰、

太廟樂歌

高德宣烈樂

悠悠草昧、穆穆經綸、乃文乃武、乃聖乃神、動龕危亂、靜比斯民、誕應休命、奄有八夤、握機肇運、光啓禹服、義滿天淵、禮昭地軸、澤靡不懷、威無不肅、戎夷竭歡、象來致福、偃風裁化、軆日敷祥信星含曜、秬草流芳、七廟觀德、六樂宣章、惟先惟敬、是享是將、

穆德凱容樂

太姒嬪周、塗山儷禹、我后嗣徽、重規疊矩、肅肅

閟宮、翔翔雲舞、有享德馨、無絕終古、

明德凱容樂

多難固業、殷憂啓聖、帝宗纘武、維時執競、起、柳、獻祥百堵興詠義雖祀夏功符受命遠無不懷、邇無不肅、其儀濟濟、其容穆穆、赫矣君臨、昭哉嗣服、允王惟后、膺此多福、禮以昭事、樂以感靈、八簋陳室、六舞充庭、觀德在廟、象德是形、四海來祭、萬國咸甯、

王文憲集　卷五　王

本傳

王儉字仲寶、琅琊臨沂人也、祖曇首宋右光祿、父僧綽金紫光祿大夫、儉生而僧綽遇害、爲叔父僧虔所養、數歲襲爵豫章侯、拜受茅土流涕嗚咽、幼有神彩。專心篤學。手不釋卷。丹陽尹袁粲聞其名、言之於明帝、尚陽羨公主拜駙馬都尉、帝以儉嫡母武康公主同太初巫蠱事、不可以爲婦姑、欲開塚離葬、儉因人自陳。密以死請故事不行。解褐祕書郎太子舍人、超遷祕書丞上表求校墳藉、依七畧。撰七志四十卷。上表獻之表辭甚典又撰定元徽四部書目。母憂服闋爲司徒右長史、晉令公府長史著朝服、宋大明以來著朱衣、儉上言宜復舊。時議不許、蒼梧暴虐、儉憂懼、告袁粲求出、引晉新安主婿王獻之爲吳興例、補義興太守、還爲黃門郎、轉吏部郎昇明二年遷長兼侍中、以父終此職。固讓。儉察太祖雄異、先於領府衣裾太祖爲太尉、引爲右長史、恩禮隆密、專見任用、轉左長史及太傅之授。儉所唱也。少有宰相之志。物議咸相推許。時大典將行。儉爲佐命。禮儀詔策。皆出於儉。褚淵唯爲禪詔文。使儉參治之。齊臺建。遷右僕射。領吏部。時年二十八。太祖從容謂儉曰。我今日以青溪爲鴻溝。對曰。天應人順。庶無楚漢之事。建元元年。改封南昌縣公。食邑二千戶。明年。轉左僕射。領選如故。上壞宋明帝紫極殿。以材柱起宣陽門。儉與褚淵及叔父僧虔連名上表諫。上手詔酬納。宋世外六門設竹籬。是年初有發白虎樽者、言白門三重門、竹籬穿不完、上感其言、攺立都墻。儉又諫、上答曰、吾欲令後世無以加也。朝廷初基、制度草創、儉識舊事、問無不答。上歎曰、詩云、維嶽降神、生甫及申。今亦天爲我生儉也。其年儉固請解、見許、加侍中、固讓、復散騎常侍。上曲宴羣臣數人、各使効伎藝、褚淵彈琵琶。王僧虔柳世隆彈琴。沈文季歌子夜來。張敬兒舞、王敬則拍張。儉曰、臣無所解、唯知誦書。因跪上前誦相如封禪書。上笑曰、此盛德之事。吾何以堪之後上使陸澄誦孝經、自仲尼居而起儉曰澄所謂博而寡要臣請誦之乃誦君子之事上章上曰善張子布更覺非奇也。尋以本官領太子詹事、加兵三百人上崩遺詔以儉爲侍中尚書左鎮軍將軍、世祖即位、給班劒二十人永明元年進號衛軍將軍、參掌選事、二年領國子祭酒丹陽尹本官如故、給鼓吹一部、三年領國子祭酒、叔父僧虔亡、儉表解職、不許、又領太子少傅本州中正、解丹陽尹、舊太子敬二傅同、至是朝議接少傅以賓友之禮、是歲省總明觀於儉宅開學士館悉以四部書充儉家又詔儉以家爲府、四年以本官領吏部、儉長禮學諳究朝儀每博議證引先儒、罕有其例、八坐丞郎、無能異者令史諮事、賓客滿席、儉應接銓序、傍無留滯。十日一還學、監試諸生、巾卷在庭、劒衛令史儀容甚盛、作解散髻、斜插幘簪朝野慕之相與放效儉常謂人曰、江左風流宰相唯有謝安、蓋自比也世祖深委仗之、士流選用、奏無不可五年卽本號開府儀同三司固讓、六年重申前命、先是詔儉三日一還朝、尚書令史出外諮事、上以往來煩數、復詔儉還尚書下省月聽十日出外、儉啓求解選、不許、七年乃上表、見許改領中書監參掌選事、其年疾上親臨視薨、年三十八、吏部尚書王晏啓及儉喪。上答曰儉年德富盛志用方隆、豈意暴疾。不展救護、便爲異世。奄忽如此。痛酷彌深。其契闊艱運。義重常懷。言尋悲切。不能自勝。痛矣奈何往矣奈何。詔衛軍文

武及臺所兵仗、可悉停待葬。又詔曰、愼終追遠

列代通規、褒德紀勳、彌峻恒策、故侍中中書令

太子少傅領國子祭酒衛軍將軍開府儀同三

司南昌公儉、體道秉哲、風宇淵曠、肇自弱齡、清

猷自遠、登朝應務、民望斯屬、草昧皇基、協隆鼎

祚、宏謨盛烈、載銘彝篆、及贊朕躬、徽績光茂、忠

圖令範、造次必彰、四門允穆、百揆時序、宗臣之

重、情寄兼常、方正位論道、永釐袞職、弼茲景化

以贊隆平、天不憖遺、奄焉薨逝、朕用震慟于厥

心、可追贈太尉侍中中書監公如故、給節加羽葆鼓吹、增班劍爲六十人、葬禮依故太宰文簡公褚淵故事、冢墓材官營辦、謚文憲公、儉寡嗜慾、唯以經國爲務、車服塵素、家無遺財、手筆典裁、爲當時所重、少撰古今喪服集記并文集並行於世、今上受禪、下詔爲儉立碑、降爵爲侯千戶、儉弟遜昇明中爲丹陽丞、告劉秉事、不蒙封賞、建元初爲晉陵太宗、有怨言、儉慮爲禍、因褚淵啓聞、中丞陸澄依事舉奏、詔曰儉門世載德

竭誠佐命、特降刑書、宥遜、以遠徙永嘉郡道伏誅、

史臣曰、褚淵袁粲俱受宋明帝顧託、粲旣死節於宋氏、而淵逢興運、世之非責淵者衆矣、臣請論之、夫湯武之迹、異乎堯舜伊吕之心、亦非稷契、降此風規、未足爲證也、自金張世族、袁楊鼎貴委質服義、皆由漢氏。膏腴見重、事起於斯、魏氏君臨。年祚短促、服褐前代。宦成後朝。晉氏登庸。與之從事。名雖魏臣。實爲晉有。故主位雖改

臣任如初自是世祿之盛冑爲舊準。羽儀所隆人。懷羨慕。君臣之節。徒致虛名。貴仕素資。皆由門慶。平流進取。坐至公卿。則知殉國之感無因。保家之念宜切市朝亟革寵貴方來陵闕雖殊顧眄如一中行智伯未有異遇褚淵當泰始初運。清塗已顯數年之間。不患無位。既以民望而見引亦隨民望而去之夫爵祿既輕。有國常選恩非已獨責人以死斯故人主之所同謬。世情之過差也。

贊曰猗歟褚公，德素内充，民譽不爽，家稱克隆，從容佐世，貽議匪躬，文憲濟濟，輔相之體，稱述霸王，綱維典禮，期寄兩朝，綢繆宫陛，

王文憲集終